TRAITTE'

DE

L'ELOQVENCE

CHRETIENNE.

Euntes in Mundum vniuer-
sum , prædicate Euange-
lium omni Creaturæ.
Marc. 16.

A PARIS.
Chez ANTOINE PADELOV, ruë S. Iacques,
à l'enseigne du Saint Scapulaire.

M. DC. LIV.
Auec Priuilege, & Approbation.

(7)

Auis au Public.

*L*E premier deſſein de ce Traitté de l'Eloquence Chrétienne, *a eſté de le faire ſeruir de Preface à des Sermons qui s'acheuent d'imprimer. Mais comme le Trauail s'eſt étandu ſous la main, l'Auteur s'eſt treuué aſſez en peine de ce qu'il deuoit faire.*

Ces Diſcours acheuez qui paroiſſent tous les jours à la téte de tant de rares Volumes, comme vn riche portail à l'entrée des Temples & des Palais magnifiques; luy ſamblent

de vray, autant de chef-d'œuures. Mais parmy tous ces
amas de perfections, il a remarqué que leur suite trop
continuë estoit sujete à l'ennüi
& au degoût.

C'est ce qui a obligé l'Auteur, de diuiser ce Traitté en
Sections. Et moy qui ay creu
qu'il pouuoit estre par nuance,
égalemant agreable & profitable ; j'ay obtenu permißion
de le detacher de son Corps,
pour le faire voir au public en
la façon que je le luy presente.

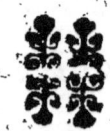

TRAITTÉ
DE
L'ELOQVENCE
CHRETIENNE.

SECTION I.

Combien la Predication est necessaire dans l'Eglise, & à qui est-ce que l'exercice en appartient.

A nourriture de nos corps fait comprandre à nos esprits, que les choses sont conseruées par les mémes principes qui les produisent. De sorte que la Religion Chré-

A

tienne, deuant fa naiffance à la Parole de Dıᴇᴠ Incarnée : c'eſt vne ſuite naturele que la méme Parole Préchée ſerue & à la conſeruer dans les Ames, & à l'amplifier parmy les Peuples. Ce qui fait diſtinguer en cete diuine Profeſſion, deus marques plus éclatantes de la verité qui l'a randuë victorieuze de l'Vniuers.

La Parole de Dieu Incarnée, & Préchée.

La premiere enſeignée par le Maître des Predicateurs, conſiſte en ce que nous ſommes engendrez comme des petits Ieſus-Chriſts, en la méme maniere, proportion gardée, que le Pere engendre ſon Fils dans l'eternité; c'eſt à dire, par la Parole. La ſeconde eſt empruntée de l'experiance de tous les Siecles. Elle nous fait voir que le Iudaïſme n'a eſté publié qu'auec les foudres & les éclairs. Que la Secte de Ma-

Filioli quos iter. partur. don. for. met. in vob. Chr. Galat. 4.

humet ne subsiste que par la ty-
rannie, qu'enfin toutes les He-
resies ne poussent leurs conqué-
tes que par le fer & par le feu.
Cela estant ainsi par tout ailleurs,
n'est-ce pas vn grand miracle de
voir qu'il n'y a que la Foy Catho-
lique qui établisse & qui entre-
tienne son empire par les liens
d'Adam, & par les chaînes de la *Trah. eos*
societé humaine; qui ne sont au- *in vincul.*
Adam, in
tres certainement, que les char- *funicul.*
mes du discours & les amoureus *charitat.*
effets de l'Eloquence ? De ces *Oze. 11.*
deus preuues écrites auec les
rayons du Soleil, il est aizé de
tirer cete conclusion euidante.
Le Sang, appelé pour ce sujet *Sanguis est*
dans l'Ecriture Sainte le siege de *sed. anim.*
Leuit. 17.
l'ame, n'est pas plus necessaire à
la vie de l'Homme, que la Predication est necessaire à la vie des
Chrétiens.

A ij

Necessité enseignée par ce diuin raisonnemant, qui enferme toute la conduite de l'Eglise & toute l'œconomie de la Predestination. A la verité, dit le grand Apostre, le salut est offert à tous les Hommes, sans aucune distinction. Mais pour estre sauué, il faut inuoquer DIEV: pour l'inuoquer, il faut le connoître par la foy. Personne ne le croit, s'il n'en entand parler. Il n'y a que les Predicateurs qui en parlent en public, auec autorité. Mais commant l'annonceront-ils, s'ils ne font legitimemant enuoyez? La Vocation est donc le premier pas à la Predestination. Mais la Mission porte la clef, & ouure la porte de cete grande carriere; en laquelle marchent à pas de Geant ces agreables Ambassadeurs, qui annoncent la paix du Ciel auec la Terre.

Marginal notes:

La necessité de la Predication.

Non est distinct. Iud. & Græci, &c. Fusé Rom. 10.

Quomodo prædicab. nisi mittantur? Roman. 2

Speciosi ped. Euangelizant. &c. Roman. 10.

C'eſt pourquoy les mémes qui ſont les Lieutenans de Dieu & les Vicaires de I. CHR. ſont auſſi les Peres de l'Egliſe & les Paſteurs des Ames. Ce diuin Office qui leur donne la diſpanſation des Myſteres, eſt compoſé de *deus parties* eſſantielles; qui ſont le Caractere, & la Iuriſdiction. *Le Caractere* leur imprime vne autorité ſurnaturele; qui les ſeparant par la conſecration de la condition prophane & vulgaire, les éleue dans vn rang & dans vn Etat tout diuin. *La Iuriſdiction*, fait paſſer au dehors, les effets de cete ſainte autorité. Ce qui ne ſe fait que par la Parole. La conduite de l'Euangile l'a randuë abſolumant neceſſaire, pour l'accompliſſemant du corps de IESVS-CHRIST; ſoit Réel, ſoit Myſtique, ſoit Sacramantal.

Diſpenſatores Myſterior. Dei 1. Cor. 4.

Deus offices des Paſteurs de l'Egliſe. *Le Caractere.*

La Iuriſdiction.

In adification. corpor. Chriſti *Epheſ.* 4.

A iij

En effet depuis l'Incarnation qui est la grande source de la grace, toute son œconomie con-

La parole fait les Sa-cremans, & instruit les Peuples,

siste ou dans l'administration des Sacremans, ou dans l'instruction des Peuples. L'vn & l'autre se fait par ce ministere de la Parole, que S. Paul rand illustre & plein de gloire. Il n'est point de Sacre-

Honor. minister. meum. Rom. 11.

mant qui ne doiue son estre for-mel à la Parole, & c'est elle qui forme generalemant l'instruction

Accedit verbum ad elemen-tum, & fit Sacramen tum. S. August. Genes. 1.

de tous les Fideles. D'vne méme source sortent ces deus grans Fleuues qui arrozent tout le par-terre de l'Eglise, comparée au Iar-din d'Eden. Leur liaizon est si étroite, qu'on ne les peut feparer: & leur mutuele dependance est si entiere, qu'ils se seruent l'vn à l'autre de cause & de principe. C'est la Parole de Dieu qui fait les Sacremans, c'est elle aussi qui

confacre les Prétres & les Eué-
ques. Et ce font ces admirables
Depofitaires de l'autorité diuine, *Difpenfa-*
qui ont en main la difpanfation *credita.*
de la méme Parole, qui les a con- *1. Cor. 9.*
facrez. C'eft pourquoy le lan-
gage de l'Eglife & des Peres, l'ho-
nore qnelquefois du nom de Sa- *Myfteri*
cremant : & fon adminiftration *Euangel.*
jointe à celle de ces grans My- *Adloquëd.*
fteres, fait l'autre partie de la Iu- *Myfter.*
rifdiction Ecclefiaftique. *Difpenfat.*

S. Paul qui en a appris tous les *Sacramen-*
deuoirs dans le troiziéme Ciel, *ti. Ephef.3*
inftruifant ces deus chers Difciples Tite & Timothée ; ne recon-
noît point de qualité plus atta- *Les Prelats*
chée à l'impofition des mains *prêcher, &*
qu'il leur a faite, que la fciance *faire pré-*
de la Parole pour l'inftruction de *cher*
leurs Peuples & pour la nourri- *Potens ex-*
ture de leur Trouppeau. Ce qui *doctr.*
eftoit autrefois pratiqué en quel- *Tit. 1.*

A iiij

ques endroits ſi religieuzemant, qu'il n'y auoit que ces grans Peres de famille, qui rompiſſent le pain de la parole aus Enfans de l'Egliſe. Iûques-là qu'au temps & au pays de S. Auguſtin, il n'eſtoit pas permis aus Prétres particuliers de précher en la preſence de l'Euéque ; par ce que cela eût ſamblé vzurper vn office, qui luy eſt propre. Méme quand il eſtoit mort, comme ſi le Diocéze eût perdu ſa voix en perdant ſon Euéque ; il ne s'y faiſoit point de Sermon, jûqu'à ce qu'vn Succeſſeur fût elû en ſa place.

S. Hierome reprand cete coûtume. Ep.2 a Nepot.

Prædication. munus Epiſcopo proprium eſt. Concil. Trident. ſeſſ. 24 c. 4

Neanmoins à cauſe que c'eſt faire par ſoy-méme, que de faire par autruy ; encore que les Prelats ne continuënt pas auec la méme aſſiduité de précher à leurs Peuples, au moins ils ne peuuent quitter la Miſſion qui eſt inſepa-

Viros idoneos aſſumant, &c.

rable de leur caractere. Si pouuant. s'acquiter eus-mémes de cete obligation Episcopale, ils ne veulent pas en prandre la peine: ou si ayant assez de zele pour le faire, ils n'en ont pas la capacité; c'est alors que cete grande Dignité leur deuient vne grande charge, & vn pezant fardeau. Car de s'excuzer sur le defaut de loisir, & sur les autres emplois, je dis méme les sacrez; c'est s'eloigner bien fort de l'example des Apostres, qui abandonnerent le soin méme des Veuues & des Pauures, pour se donner tous entiers aus exercices de l'Oraison & de la Predication.

Innocent III.in Decretalib. tit.31. c.15

1. Timoth. 3.

*Nos verò orationi,& ministerio verbi instantes erimus.
Actor. 6.*

S. Paul le porte encore plus haut, quand il publie à ceus de Corinthe; qu'il n'est pas appelé pour batizer, mais pour Précher. S'il ne le fait, il s'estime mau-

*Non misme Chr. baptiz.sed euangeliz.
1.Epist.1.*

dit : & fait de cete obligation,
vne neceſſité indiſpanſable. Vn
ſçauant Cardinal n'a-t-il pas auſſi
remarqué, que cete ſerieuze &
aigre reprimande que D I E V fait
faire par vn Ange, à Timothée
Eueſque de Crete & Diſciple de
S. Paul ; c'eſt par ce qu'il auoit in-
terrompu le cours de ſes Predications ? L'ennüi & le degoût de
voir le peu de fruiɛt, qui reüſſiſ-
ſoit de ſes Sermons ; auoit refroi-
di ſa charité, & amorti ſon zele.
Ce qui met D I E V en colere, & le
porte à faire de terribles menaſſes
à cet Eueſque qui ſe taiſoit. Auſſi
eſt-ce l'auis qu'on donne au Pre-
lat, quand il eſt conſacré. Allez,
luy dit-on, & Préchez l'Euangile
au Peuple qui vous eſt commis.
De ſorte qu'aus termes de l'A-
poſtre ; quiconque ne fait point
l'œuure de l'Euangile, il ne ram-

Væ mihi,
niſi euan-
geliz. ne-
ceſsitas
mihi in-
cumb. &c
1. Cor. 9.
Hugo Car
dinal in 2.
Apoc.

Væ mihi
quia tac.
Iſa. 6.

Vade, &
prædica
Euangel.
Populo tibi
commiſſo.

plît pas son office ; *opus fac Euangelista, ministerium tuum imimple.* 2.Timot.4

Tant-y-a que les Prelats de l'Eglise s'aquittant de ce deuoir principal de leur Charge par fonction ou par Mission, par Eus-mémes ou par leurs Subdeleguez ; la proposition que j'ay faite est toûjours indubitable, que la dispansation de la Parole de D I E V, est tout à la fois & le fondemant & le cimant de nôtre Religion. La Predication est le sang qui produît, & le laict qui nourrît tous les Peuples, qui croyent en l'Euangile. Verité si eclairée de ses propres lumieres, qu'il ne faut point aller chercher d'autres raisons pour preuuer la Necessité de ce que j'appele l'Eloquance Chrétienne.

✤✤✤✤✤✤✤✤ : ✤✤✤✤✤✤✤✤

SECTION II.

Du Partage general de l'Eloquence.

Scientiâ Sermon. 1. Cor. 12.

Ad dandam scient. salut. plebi ei. in remission. peccator. Luc. 1.

Difficulté de cete matiere.

Tous ceus à qui il appartient de juger de cete Sçiance de la Parole, qui est aussi celle de Salut, d'où naît la remission des pechez ; tombent bien d'accord, du premier terme general de ma proposition. Mais quand ce vient à faire *la differance*, & à particularizer le vray caractere de l'Eloquence Chrétienne ; chacun suît ou les egaremans, ou les emportemans de son esprit. Tous ceus qui prennent le pinceau à la main, pour en tracer le portrait ; la depeignent suiuant l'idée de

leur inclination, ou de leur opinion. Enquoy ils se randent samblables à ce Peintre, qui donnoit
à toutes les Diuinitez la ressam-
blance du visage qu'il aimoit.

Pour moy je serois le premier à
me condamner de temerité, si je
presumois de prononcer des oracles sur vne matiere si difficile &
si importante. I'ay appris il y a
long-temps du grand Maître des
Predicateurs, que chacun abon-
de en son sens. De sorte que fort
volontiers suiuant son conseil en
cete matiere, comme ie tâche de
le faire en toutes les autres ; j'exa-
mine tout, je ne rejette que fort
peu de choses : mais je voudrois
bien ne m'attacher qu'à ce qui
est le plus excellant, quand DIEV
me le fait connoître ; m'estant affez au reste de m'éloigner de tout
ce qui paroit tant soit peu ou mau-

Quisque
in suo sensu
abund.
Rom. 14.

Omnia
prob. quod
bon. est ten.
ab omni
sepec. malà
abstin. vos.
1. Thess. 5.

uais, ou scandaleus.

Toutefois si l'étude & l'exercice de plus de trante-trois ans,
peuuent auoir apporté quelques-
vnes de ces lumieres qui naissent
de la meditation & de l'experiance, je pense qu'il ne m'est pas def-
fandu de dire mes sentimans, sur
vne matiere qui n'a pas moins de
censeurs que d'approbateurs. Car
il y a peu de Personnes qui ne se
donnent vne égale liberté, méme
ordinairemant assez injuste, de
loüer & de blâmer ceus qui parlent en public. Ce qui rand la
condition de ceus-cy, d'autant
plus miserable, que les plus gros-
siers remarquant les défauts de
l'Orateur, il y en a tres-peu de
capables de discerner ce qu'il ont
de plus parfait. A quoy l'on peut
ajoûter les Libertins & les Im-
pies, qui ne vont au Sermon qu'a-

uec vne intantion finiftre: par cu-
riofité, ou par complaifance. Les
vns n'écoutent le Predicateur que
pour luy tádre des pieges, & pour
treuuer dans fes difcours dequoy
exercer leur humeur critique. Les
autres ayant les oreilles pleines
de fiel, & le cœur rampli d'amer-
tume, ne fe plaifent nullemant à
entandre parler de D I E V; par ce
que, dit Saluian, peut-eftre que
D I E V méme leur deplaît.

Pour conduire mes raifonne-
mans auec methode, je dois diftinguer le Sujet que je traite auparauant que de le definir. Enquoy ie n'appreuue pas d'abord,
la differance affez commune que
l'on met entre *l'Eloquence Sacrée,*
& *Prophane*; fi ce n'eft au méme
fens, que l'on diftingue la Loy de
Grace d'auec la Loy de Moyze.
C'eft à dire, par ce que celle-là eft

Vt caper eum in Ser mone.
Matth.22

Nec mi- rum eft fi eis loquen- tia de Deo verba non placeant, quibus ipfe forfitan Deus uon placet. l. 5. de Proui- dent.

L'Eloquen- ce Sacrèe, & Propha- ne.

la fin & l'accompliſſemant de celle-cy. Tout l'Art Oratoire de De-
moſthene & de Ciceron , d'Iſo-
crates & de Quintilien ; n'eſt
qu'vn elemant vuide, vn crayon
groſſier, vn ombre & vne figure ;
qui reçoit ſa plenitude, ſes derniers traits, ſon corps & ſa verité
de l'Eloquence Chrétienne. Celle-cy eſt vne greffe du Paradis,
entée ſur l'autre qui n'eſt que la
ſouche & le ſauuageon. Les fruits
que porte cet arbre ſont tous ce-
leſtes, quoy que ſon tronc ſoit ſur
la terre. L'Etrangere pour auoir
eſté épouzée par vn Mari du Peuple de Dɪᴇᴠ, n'eſtoit pas vne autre Fille qu'elle méme tandis
qu'elle eſtoit Eſclaue ; quoy qu'on
luy eût ôté ſes vétemans prophanes, couppé les ongles & les che-
ueus. Ces deus ſortes d'Eloquence
ont des principes communs, & des
maximes

Finis legis
Chriſtus.
Rom. 10.
Egena
elem. Gal. 4

Deuter. 21

maximes vniuerseles. Toutes
leurs industries vont à enseigner,
les esprits, à delecter les sens, à
flechir les volontez. L'instruction
est le premier office de l'Orateur,
le plaisir est accompagné de charmes, les mouuemans pathetiques
emportent la victoire. L'vne &
l'autre s'étudie de parler des petites choses auec mediocrité, des
mediocres auec tamperammant,
des grandes auec majesté. Et ce-
luy-là merite la gloire de l'Eloquence, qui sçait treuuer des in-
uantions belles, qui à des expres-
sions magnifiques : qui arrange
tout son discours auec vn ordre
clair & net, & qui a l'art de diuer-
sifier agreablemant les figures &
les couleurs. Toutes ces choses
sont essantieles à l'Art de persuader.

I'aimerois donc mieus faire le

B

*Docere ne-
cessitatis
est, de-
lectare sua
uitatis, fle-
ctere vi-
ctoria.
August 4.
Doctr.
Christ.*

*Eloquens
est ille qui
scit parua
submisse,
&c. inue-
nire pra-
clare, enun
ciare ma-
gnifice :
disponere
aperte, &
figurare
varie.
Cassiodos.
in Ps. 73.*

Partage general de l'Eloquence, en *Ciuile* & en *Eccleziastique*. Toutes deus sont comme les premieres especes d'vne méme Eloquence, que l'on a nommée Prophane, par ce qu'elle a esté cultiuée par les Grecs & par les Latins; auparauant que de seruir à nôtre Religion, qui a vn droiĉt sur toutes les sçiances & sur toutes les choses de l'art & de la nature.

La Ciuile prand ses differances de ses emplois politiques, dans les affaires de la paix & de la guerre. Elle delibere dans les Conseils, elle louë ou elle blâme dans les aĉtions publiques: elle accuze les criminels, & protege les innocens deuant les Trônes & les Tribunaus. Enfin par vn emploi assez peu conuenable à ses illustres qualitez, & tout à fait indigne de la seuerité Chrétienne;

La Ciuile,
& l'Eccle-
siastique.

La Ciuile.

elle debite agreablemant le man-
fonge dans *les Romans*, & flatte la
vanité des Efprits curieus auec
des illufions ridicules, qui font
fouuant des Lecteurs coupables.
Le zele du fameus Chancelier de
l'Vniuerfité de Paris, l'a pouffé fi
auant en cete matiere ; qu'aprés
vne belle plainte de la Confçiance qu'il appele vne Maîtreffe des
Requétes, & vn riche plaidoyé
de la Rhetorique Theologienne;
il ajoûte que la damnation de
ceus qui fe perdent par ces perni-
cieuzes lectures acroît celle de
ces mauuais Ecriuains s'ils n'ont
fait penitance durant leur vie. Les
Polis de nôtre fiecle n'épargnent
rien, à ce qu'on dit, pour faire
que ces Pieces foient moins mau-
uaifes : mais ie doute, fi jamais on
les peut randre bonnes.

Gerfon. contra Romant. de Rofa. tom. 4.

L'Ecclefiaftique,

L'Eloquence Ecclefiaftique, eft

celle que je nomme Chrétienne.
Le premier titre luy appartient,
par ce que l'autorité de prêcher
est du ressort de l'Eglise : & dans
le langage du Saint-Esprit, le Predicateur est appelé propremant
l'Ecclesiaste ou l'Ecclesiastique.
Le second, à cause que c'est par
elle que l'on catechize & que l'on
instruît tout le Peuple Chrétien.
On la peut appeler sainte & sacrée, puîque tout son emploi est
autour des choses diuines. Elle
prand ses regles de sa fin, qui est
la gloire de DIEV & le salut des
Ames. C'est pourquoy son port
est bien plus auguste, ses alleures
sont bien plus majestueuzes : &
l'on peut dire, sans rien exaggerer,
que son air est tout diuin. Mais
afin de reconnoître cete admirable fille de DIEV par sa propre li-
urée, il la faut soigneuzemant di-

ſtinguer d'auec les fauſſes, & les batardes; qui trompent auec d'autant plus d'artifice, qu'elles paroiſſent plus ſamblables à la legitime. Voulant donner des bornes à mon entrepriſe, je croy ſatisfaire au deſſein que je me ſuis propozé & à l'inſtruction de mes Lecteurs, ſi je reduis les differantes façons de Prêcher à *trois principales*; qui ſans doute, enferment toutes les autres dans leur enceinte. La verité & la vertu ayant établi leurs trônes dans le centre & dans le milieu, nous pouuons dire que la vraye Eloquence Chrétienne eſt entre deus fauſſes. De ſorte que parlant en general, le partage de l'Eloquence employée à Prêcher, peut eſtre fait en trois eſpeces. La premiere eſt Barbare. La ſeconde Muguette.

La troiziéme Sincere. La con-
damnation des deus premieres,
fera l'établissemant de la der-
niere.

❦❦❦❦❦❦❦❦ ❦❦❦❦❦❦❦❦

SECTION III.

De la premiere façon de Pré-cher, impetueuze & dereglée.

Ete premiere espece qui
approche plus de la vraye,
peut estre nommée fou-
geuze & tumultuaire, irreguliere
& anomale. Ceus qui s'y laissent
aller, la reuétent du titre specieus
& populaire d'*Apostolique*. Ils se flattent de ne suiure que les mouuemans du Saint-Esprit. Comme s'ils
auoient fait vn diuorce sacré auec
tous les auantages de la nature &
de l'art, ils ne pensent pas que

*Fausse Pre-
dication
Apostoli-
que.*

l'on puisse dire des choses bonnes si elles ne sont laides, & s'imaginent que toutes les belles sont mauuaises. Comme s'ils auoient à gage & en leur pleine disposition la doctrine infuze, ils entreprennent de la debiter auec vne audace & vne temerité ; qui se faisant bien-tôt connoître, décrie ses Ministres & attire le mépris sur le Ministere. Leurs pensées ne naissent pas plûtôt dans leur cœur que dans leurs levres, & la premiere chose qui sort de leurs bouches est la premiere qui entre dans leur imagination. Leur Discours n'est pas vn Discours, mais vn cahos de confusion. Ce n'est pas vn corps, mais vn monstre. N'ayant ny dessein iudicieus, ny structure raisonnable ; l'on n'y treuue ny entrée, ny suite, ny issuë. S'il y-a quelques pensées,

Importuna audacia 2. Hierarch. Ecclef.

Insolens & cæcus impetus. Nazianz. orat. 9.

In ore fatuor. cor illor. Eccl. 21.

bien loin d'estre cuites & digerées , elles font encore toutes
cruës & ne meuriffent jamais.
S'il y a quelques dépoüilles des
Auteurs facrez & prophanes,
ce ne font que des lambeaus
déchirez. En vn mot, tout leur
ftyle , n'eft qu'vn facheus embarras. Ce qui fait plus de bruit , &
qui vaut le moins, font des emportemans continuels , des agi-
tations impertinantes & des ex-
clamations importunes. De forte
que l'on peut dire que ce n'eft pas
parler , mais crier : ce n'eft pas
prêcher, mais clabauder.

La *prefomtion & l'ignorance*
font les deus caufes principales
de cet excés. Ces hardis Parleurs
pour flatter leur humeur & épar-
gner leur peine , fe laiffent aller à
cete Methode, ridicule en elle-
méme , fcandaleuze aus fages

*Deus four-
ces de ce
deffaut.*

Chrétiens, iniurieuze à cete haute Majesté dont ils publient les
augustes mysteres. S'ils s'exami-
noient eus-mémes de bien prés,
ils verroient qu'ils suiuent en cela
les boutades & les saillies de leur
Nature; non pas la conduite, & les
entousiasmes de l'Esprit qui fait
les Prophetes. Que c'est vn re-
gorgemant & vne impetuosité
d'humeur bilieuze & irreguliere,
plûtôt qu'vn torrant de cete eau
qui doit inonder la sainte Ierusa- *Flumin.*
lem. Et que cete opinion antici- *impet. la-*
tific. ciuit.
pée, qui leur persuade fausse- *Dei.Pf.45*
mant, que précher de la sorte *Qui addit*
c'est précher en Apostre; est vn *scient.add.*
& labor.
effet ou de leur lacheté à appran- *Ecclef. 1.*
dre les bonnes choses qui sont
toûjours laborieuzes, ou d'inca- On ne veut
pacité pour y reüssir. pas limiter
l'Esprit de
Ce n'est pas que je vueille en Dieu.
aucune façon, mettre la vérité

du Ciel dans vne injuste prizon;
où elle est souüant enfermée,
par les artifices de ceus-mémes
qui font profession publique de
la caresser. Ie sçay que la parole
de D I E V ne peut souffrir ny les
fers, ny les chaînes. Que par tout
où se treuue l'Esprit qui la dicte,
là regne la franchize & la liberté.
Que de vouloir captiuer les mouuemans de la grace, c'est donner
la loy à son Maître; & reduire la
Predication dans vne seruitude,
qui est egalemant honteuze &
ruineuze.

Confessons donc que D I E V
se peut faire des *Apôtres* & des
Theodidactes, en tous les siecles.
Que son bras n'est point racoür-
ci. Qu'il peut sans descendre en
langues de feu, embrazer des
cœurs. Et que sans ces redouta-
bles éclats, qui firent du premier

Veritat.
Dei in in-
iust. detin.
Rom. 1.

Verbum
Dei non est
alligat. 2.
Timot. 2.
Vbi spirit.
Dom. ibi
libertas.
2. Cor. 3.

Tamq. dis-
pertita
ling.
Actor. 1.

Actor. 9.

Perſecuteur de l'Eglize le premier de ſes Predicateurs ; il peut
donner quand il luy plait , comme il fit à S. Eſtienne , cete vertu
victorieuze & triomphante de la
parole , à laquelle les cœurs les
plus endurcis ne peuuent reſi-
ſter.

  Accordons encore qu'aprés
auoir apporté humblemant de
nôtre côté, toutes les diſpoſitions
qui ſont en nôtre puiſſance ; il
faut toûjours laiſſer à l'Euangile
ſa liberté, & à l'Eſprit de Dieu
l'empire qu'il a ſur nos cœurs &
ſur nos langues. Les diuins égaremans de S. Auguſtin & de S.
Bernard , qui les portoient hors
de leur ſujet en des matieres qu'ils
n'auoient nullemant premedi-
tées, eſtoient des routes miracu-
leuzes, par leſquels Dieu condui-
ſoit leur penſées & leurs paroles ;

Non poter.
reſiſt. ſa-
pient. &
ſpirit. qui
loqueb.
Actor. 6.

pour aller inftruire & conuein-
cre , toucher & conuertir ceus
des Auditeurs que fa predeftina-
tion auoit choifis.

Quotq.er preordinati &c. Actor. 13.

C'eft pourquoy j'inuite tous
les Miniftres de la Parole de mon
DIEV , & de fe randre dignes par
leurs hautes vertus de cete Vocation Apoftolique : & de fe tenir
toûjours en état, de fe laiffer em-
porter à fes facrez tranfports ,
quand il plaît à DIEV de les infpi-
rer. Que leurs langues foient
toûjours entre les mains de DIEV,
comme vne plume bien taillée
en la main d'vn Greffier ; qui écrit
auec vne viteffe nompareille ,
tout ce que le Prince luy dicte fur
le champ.

Lingua mea calamus fcrib. veloc.fcrib. Pf. 44.

Du refte que les faus Apofto-
liques apprennent que de tanter
DIEV comme ils font, c'eft vne
prefomtion criminele. Que de

Auguft. l. 4. Doctr. Chrift. c. 1. & feq.

penſer faire de l'Apoſtre, c'eſt vn
orgueil inſupportable. Que la loy
de DIEV, doit eſtre écrite auec le
ſtyle de l'homme. Qu'elle fut
grauée ſur des tables, que Moyze auoit preparées pour ce grand
deſſein. Que la premiere Predication Apoſtolique eſtoit fondée
ſur le don des langues, & des miracles ; l'vn & l'autre accompagné de ces diuins entouſiaſmes,
qui faiſoient les Apôtres. Si bien
que la Prouidance ayant retiré
ces trois grans auantages , elle
ſamble deſormais laiſſer à nôtre
induſtrie l'étude de la Parole.

Ie voy bien dans le Vieil Teſtamant, que DIEV s'eſt ſerui du
ſtyle groſſier d'Amos & de Ieremie, qui eſtoient de ſimples
Bergers, pour foudroyer ſes menaſſes contre ſon Peuple. Mais
outre qu'il leur donnoit cete

C'eſt tan-
ter Dieu.

*Scribe in
eo ſtylo
homin.*
Iſa. 8.

efficace qui ne vient que de luy, il n'a pas moins employé les subtilitez d'Ezechiel & la politesse d'Ezaye, qui estoit du Sang Royal, pour exprimer ses plus hauts Mysteres. Dans le Nouueau Testamant, il choisît des Pécheurs ignorans, mais il les enseigne par l'onction de son Esprit. Méme entre ces Auteurs Sacrez, les seruices qu'il a tirez de la Sçiance de S. Paul & de l'Erudition de S. Luc, sont bien plus considerables. Et l'on sçait assez que le plus grand esprit du Monde S. Augustin, ne se laissa veincre qu'à la grace agissant par le bien dire de S. Ambroise.

Vnctio spirit. doceb. vos.
1. Ioan. 2.

L. 5. Confess. c. 13. & 14.

A la verité, la Parole de DIEV, comme il l'enseigne luy-méme dans ses diuines Paraboles, est vne semance qui vient du Ciel, tantôt comme vn tonnerre, tan-

Semen est verb. Dei.
Luc. 8.

tôt comme vne rozée. Mais c'eſt
la terre, qui fournît la matiere
de l'vn & de l'autre : & l'habile
Laboureur doit cultiuer ſon
champ, pour faire croître & mul-
tiplier la ſemance. Que ſi l'on
treuue préque par tout, vne
ſainte liaiſon entre la Priere & la
Predication, c'eſt pour enſeigner
qu'en ces deus diuins exercices,
c'eſt à l'Homme qui s'y appli-
que d'employer toutes ſes for-
ces pour preparer ſon ame, c'eſt
à dire ſon cœur & ſa langue.
Mais au reſte aprés qu'il a fait tout
ce qui eſt en luy, le poinct principal c'eſt d'attandre que D I E V
verſe ſa grace quand & comme il
luy plaît. Il offre à D I E V ces deus
preparations, dont il eſt parlé
dans les Hymnes Sacrez. Celle
du cœur & celle de la langue,
celle de la grace & celle de l'é-

*Homin. eſt
anim. pra-
pa. & dom.
gubernare
linguam.
Prouerb.16*

Deus ſor-
tes, de pre-
parations.

tude, vne qui eſt infuze, l'autre qui eſt acquiſe ; la ſurnaturele qui vient de la grace, la naturele qui naît de nôtre trauail & de nôtre induſtrie. Tout cela veut dire que de vouloir Précher auec ces paroles que Dauid appele de precipitation & d'emportemant, c'eſt tanter DIEV & des-honorer ſon Miniſtere. Parler de cete Souueraine Majeſté ſans ſes ordres, ſans reſpect & ſans vne deuë preparation ; c'eſt vne inſolance infinimant éloignée de la vraye Eloquence, dont nous recherchons le portrait & l'original.

Parat. cor meũ Deus, parat. cor meum. Pſ. 56.

Verba præcipitation. Pſ. 51.

SECTION

SECTION IV.

De l'Eloquence à la Mode.

L A feconde façon de Prêcher eftant moins famblable à la vraye, luy eft encore plus outrageuze. Car comme la delicateffe & l'excellance des chofes, ramplît leur corruption d'vne horreur plus puante & d'vne puanteur plus horrible ; certes il n'y a rien de plus deplorable au fujet que je manie, que *l'Eloquence Fardée*, Sophiftique & Declamatoire ; que fes Partizans mêmes condamnent, quand ils difent qu'ils Prêchent *à la Mode.* Ne vous étonnez pas fi je fuis en peine par où commancer fa pein-

L'Eloquence fardée & à la Mode

C

ture. En cela méme qu'elle eſt à la Mode ; elle n'eſt pas moins changeante que la Lune. L'on ne peut ny prandre les traits de ſon viſage , ny la mezure de ſes habits.

L'Egliſe gemît de voir en ce Siecle de corruption, ſes Chaires conuerties en Theatres, les inſtructions de l'Euangile changées en Comedies ; & la Sainte Parole a honte, de ſe voir violée par des langues Prophanes. Tous les Gens de bien qui ont le vray zele pour aimer les beautez de la Maiſon de DIEV, deplorent ce grand abus qui nous menace ſans doute de quelque funeſte calamité. C'eſt auec raiſon qu'ils ne peuuent ſouffrir qu'au lieu de Peres on nous donne des Enfans, que des preſomtueus deuiennent Maîtres au parauant que d'auoir

Sacerri-
mam Elo-
quẽr. quia
preſtare nõ
poſſunt ,
violare nõ
deſinunt.
Senec Pat.
in præm.
L. 1. Con-
trou.

Zelus
Dom. tua
comed. me.
Pſ 68.
Dilexi de-
cor. dom.
tua. Pſ. 25

Pro patri-
bus tuis

esté Disciples : ou que ceus qui
doiuent auoir la sagesse, l'honneur & le poids de la vieilesse,
vueillent demeurer jeunes durant
toute leur vie.

Par ce que ces adulteres de la
Parole de DIEV, ne conçoiuent
que du vant & des nües, ils n'en-
fantent aussi que des Monstres
& des Chimeres. Ils ne veulent
pas, disent-ils, faire des Sermons,
mais des Pieces : & aiment mieux
passer pour des Declamateurs,
que pour des Predicateurs. Ce
qu'ils appelent *parler à la Mode*,
c'est de n'enuizager que des idées
abstraites & steriles, au lieu de
former vn dessein serieus sur le
Mystere qu'ils veulent traiter, &
sur les mœurs qu'ils doiuent re-
former. La matiere de leurs Discours n'a rien de solide, la forme
se derobe à elle-même sans qu'on

nati sunt tibi filii. Ps. 44.
Deus ded. honor. senectutis. Daniel. 13.
Adulterant. cauponantes verb. Dei. 2. Cor. 2. & 4.

Ce que c'est que Prêcher à la Mode.

C ij

la puiſſe apperceuoir : & le ſtyle n'eſt qu'vn fard artificiel, vn deguizemant continuel, & vne affeterie que j'apelerois puerile, ſi ſon ſujet ne la randoit criminele.

Comme ils n'ont jamais eu de commerce auec l'Ecriture, ils n'en parlent qu'à perte de veuë. S'ils connoiſſent les Peres de l'Egliſe, ce n'eſt que de nom & ſuperficielemant. Les Sçiances neceſſaires ou vtiles, leurs ſont étrangeres : les citations des bons Auteurs, ne ſont, à leur auis, que des embarras : & le beau langage naturel, paſſe en leur eſprit pour barbare. Eſtant obligez d'enſeigner les leçons de l'eternité, qui n'eſt qu'vn momant ; ils paſſent les trois & les ſix mois, quelquefois les années entieres à peindre vne Harangue

de trois quarts d'heure. C'eſt vn
balet de Sybarite, plûtôt qu'vne
guerre Sainte contre les Ennemis jurez de nôtre Salut. Tout
l'appareil n'eſt qu'vn choix de
belles paroles miſes en cadance,
auec vn ramas de petites anti-
thezes d'ordinaire froides, & for-
cées; comme ſi l'on n'auoit ſon-
gé qu'à compozer des Epigrammes, & des Sonnets. Cete Piece
de neant trauaillée auec tant de
ſueur & de perte de temps, qui
n'a pû eſtre inculquée dans la
memoire qu'auec des génes fa-
cheuzes, eſt recitée à des oreilles
conuiées & gagées. Mais la pro-
nonciation s'en fait ou auec vne
contrainte, tout à fait oppozée à
l'Eſprit de D i e v : ou auec vne
affeterie d'habits, de poſture, de
geſtes & de langage qui paſſe
jûqu'à l'horreur. Si la parole de-

Libratis
ſermonib.
atque tru-
tinatis,&c
Hieron. iu
cap. 34.
Ezech.

Sapien-
tiam buc-
cis crepi-
tant. &c.
Tract.45.
in Ioan.

couure le fond de l'Ame, ce n'eſt pas juger temerairemant de pu-blier que ces Diſcoureurs à la Mode n'ont rien qui appartienne à l'Euangile.

Prenant eus-mémes la peine de porter la ſonde au fond de leurs conſçiances, & de faire l'e-xamen de leurs intantions; qu'ils nous diſent ſinceremant s'ils cherchent la gloire de D I E V, ou leur propre ſatisfaction. S'ils entreprennent de profiter au ſimple Peuple qui fait les trois quarts de l'Egliſe, ou de plaire à ceus qui leur applaudiſſent. Si leur premiere viſée eſt de gagner les Ames pour le Ciel, ou d'ac-querir des recompanſes ſur la terre. Les Perſonnes de cete ſor-te, & ne ſuiuent pas I. CHR. & n'ont pas quitté leurs filets, ainſi que firent les Apoſtres. Ils re-

Loquela tua te ma-nifeſt. fac. Matth. 26

Relictis ret. ſecuti ſunt eum, Matth. 4.

duifent l'vne des chofes du monde la plus Sainte, en vn commerce qui excite le zele du FILS
DE DIEV à les chaffer du Temple. Ce font ces certains, que
S. Paul reprand auec aigreur écri-
uant à Timothée. Ces Curieus
de Fables, de Genealogies fans
fin, qui ne feruent nullemant à
l'edification de la Foy. Qui tom-
bant en vn flus de langue & de
paroles veines, tranchent des
Docteurs de la Loy; ne fçachant
ny ce qu'ils difent, ny ce qu'ils
foutiennent & affirment.

Ejec. vend.
& em. de
templo.
Matth. 21.

Conuerſi
in vaniloq.
& c. 1. Ti-
moth. 1.

L'image du Cameleon peinte
auec tant d'artifice par Tertullien, tout graue qu'il eft, peut
bien eftre prife pour vn portrait
de cete chetiue Mode & de ceus
qui s'y attachent. Vn grand nom
enferme préfque rien. A oüir
nommer le Cameleon, on s'ima-

Cameleons

gine quelque chose de plus fort
& de plus horrible que le Lion :
si on peut l'apperceuoir sous vne
fueille de vigne, on se rit de cete
hardieſſe des Grecs à releuer auec
des noms magnifiques de si foibles sujets. Aprés tout, ce n'eſt
qu'vn corps ſans ſuc & ſans vi-
gueur. Ou plûtôt ce n'eſt qu'vne
peau lache & engourdie , qui ſe
jouë d'elle-méme ; changeant
de couleurs ſelon les objets qui
s'en approchent, excepté qu'elle
ne reçoit jamais le blanc. Pour
dire tout en vn mot, ce miſera-
ble jnſecte rampant toûjours à
terre, fait neanmoins des efforts
continuels pour humer l'air , ne
ſe nourriſſant que de vant. Ce qui
fait croire par la regle des Medecins , que le Cameleon aprés
tout, n'eſt qu'vn peu de vant en-
fermé dans vne peau deliée, ta-

uelée & changeante.

Auſſi quand à l'article de la mort ces Declamateurs peignez & friſez, diront au grand Paſteur des Ames, qu'ils ont Préché en ſon nom; n'aura-t-il pas ſujet de leur repartir, qu'il ne les connoît point? Ne leur dira-t-il pas auec juſtice, que s'ils ont pris ſon nom ç'a eſté en vain: qu'ils ſont allez, ſans eſtre enuoyez; que s'ils ont manié ſa Parole, ce n'a eſté que pour la randre prophane? Du reſte, dira-t-il à ces Ouuriers d'iniquité, vous deuez eſtre contans. Ceus qui vous ont mis en beſogne vous ont payez, vous auez cueilli ce que vous auez ſemé. Vous auez receu de la vanité pour du vant, qui eſt tout ce que peuuent donner les Hommes auſquels vous auez tâché de plaire.

Recep. merced.
Matth. 6

Neſcio vos Luc. 13.

Non mittcb. Prophet. & ipſi cureb. Ierem. 23.

Diſced. à me operarii iniquit. Luc. 13.

Receper. merced. ſuam, vani vanam. Auguſt. 4 Doct. Chriſt. c. 24.

Ce serpant cauteleus & cau-
zeur, commançoit à repandre
son venin dans le sein de l'Eglise
des le temps de S. Ierôme. Et
c'est auec la massuë de cèt Homme Heroïque, qu'il faut écrazer
ce Monstre qu'il depeint de ses
plus noires couleurs. L'on a fait
banqueroute, dit-il, à la simpli-
cité & à la pureté de la Predication vraimant Apostolique.
L'on ramplît nos Eglises, comme le Parc de la Comedie & la
Sale des Balets. L'on court dans
les Auditoires, comme font les
Curieus & les Polis dans les A-
cademies & dans les Cercles.
C'est vn lieu d'assignation, pour
semer & recueillir des loüanges
& des applaudissemans. Et l'on
void dans la Chaire, comme sur
vn Theatre, étaler pompeuze-
mant vne Piece étudiée : vne

*Omissâ
'Apostoli-
corum sim
plicitate
& puritate
verborum,
quasi ad
Athenaü
ad Audito
ria conue-
niunt; vt
Orat. Rhe
torica Ar-
tis fucata
mendacio,
quasi quæ-
dam mere-
tricula pro
ced. in pu-
plicum;
nón erudi-
tura Po-*

,Harangue deguizée auec tous
,les artifices, & les manſonges
,d'vne vaine Rhetorique. Vous
,diriez que c'eſt vne celebre
,Courtizane; qui veut ſe produire
,& ſe proſtituer elle-méme, non
,pas pour inſtruire les Peuples &
,conuertir les cœurs: mais pour
,agréer, & ſe faire cajoler.

pulos, ſed favorem, quæſitura, Proem. l. 3 in Epiſt. ad Galat.

Ce grand abus eſt deuenu propremant l'auorton, & l'apoſteme
de nôtre Siecle. Et il ſe rand tous
les jours, de ſi haute conſequan-
ce; qu'il ne peut eſtre aſſez char-
gé d'execrations, d'anathemes &
de maledictions. Ce n'eſt point
vn zele ignorant, de dire que cete
fauſſe Eloquence à la Mode eſt
le vray Idole, dont la Statuë de
Nabuchodonozor n'eſtoit que la
Figure. Et nous ſçauons auec S.
Paul, que l'Idole n'eſt rien. La
comparer à Herodias cete infa-

Abus du Siecle.

Daniel. 2. Scimus quia Idol. in mundo nihil eſt, Cor. 8.

me Baladine, qui faisant mourir le Precurseur du Messie, étouffa sa voix en son Sang, c'est dire peu. La representer par cete Courtizane debauchée, & richemant parée ; qui dans les Tableaus de l'Apocalypse, enyure méme les Princes de la terre du vin de prostitution, qu'elle leur presente en vne couppe dorée, ce n'est pas encore assez. Cete Paillarde est de vray l'abomination de la desolation, éleuée dans le Temple dont elle prophane la Sainteté. En vn mot, je ne diray point trop en disant que c'est vn vray *Anti-Christ*; l'ennemie mortel & de l'Eloquence, & de l'Eloquence Chrétienne ; consequammant de tout ce qu'il y a au monde tant soit peu digne d'amour, & de veneration.

Matth. 6

Mulier cir-
cumdata
purp. &
coc. & in-
aur. auro,
lap. &c.

Cum vi-
derit. abo-
mination.
desolation.
sedent. in
loco sancto.
Daniel. 9.
& Matth.
24.

SECTION V.

Que l'Eloquence à la Mode, porte le defordre par tout.

A méme Loy qui châtie ceus qui empoizonnent les Fonteines publiques , condamne le peché de ceus qui introduifent la Mode dans la Predication. C'eft l'infecter auec vn fublimé fubtil , qui ayant la blancheur & la douceur du Sucre , enuenime tout. Il corromt *la Nature*, dont toutes les productions font fimples , pures & finceres. Elles font auffi conftantes , au contraire de la Mode bizarre qui change tous les jours. De forte que celuy, qui eft fi fol que de

Nemo eft palam con fettor , & dator ve- nenorum. Auguft. l. 2. cont. Petilian. c. 104.

Cete fauffe Eloquence detruit la Nature.

s'y affujetir, s'engage luy-méme dans le trauail de Penelope & des Danaides. Ne fuiuant que des ombres, il n'aura jamais rien de certain. Déplus, la nature n'aimant que le neceffaire, eft ennemie de la fuperfluité. Vifant tout droit au but principal, elle ne s'arréte pas à ce qui n'eft qu'acceffoire. Prenant les chofes pour ce qu'elles valent, elle n'affujetît pas la verité aus Paroles, mais elle cherche, & aime la verité dans les Paroles. Ne faifant jamais rien d'inutile, & le chemin le plus court luy eftant toûjours le meilleur & le plus commode, elle aime beaucoup mieus vne clef de bois qui luy ouure vn trezor, qu'elle ne fait vne clef d'or qui ne luy peut feruir à quoy que ce foit.

Cete Ennemie de la Nature

In verbis verum amare non verba. Auguft. l. 4. Doctr. Chrift. Quid prod eft clauis aurea fi aperire nõ poffumus ; Aut quid obeft lignea, fi hoc poteft, &c. Ibid.

detruît *l'Art* méme , dont ces
Declamateurs paroiſſent ſi paſ- L'Art.
ſionnez. Il leur arriue comme à
celuy qui s'euanoüit dans la veuë *Prorame*
de ſes propres beautez. Il arriue à *re mei.*
ces Rheteurs , tout ainſi qu'aus
Diſtillateurs ; tout leur bien dire
ſe rand ſi delicat , ſi delié & ſi ſubtil, qu'il s'euapore en fumée. Au
lieu d'vn corps ſolide , ils n'em-
braſſent qu'vne phantôme : &
plus ils penſent l'etreindre, plus
il s'enfuît. Ils n'ont jamais appris
que le Maître poinct de l'Art, Le vray
c'eſt de n'en auoir point ; au Art, a fort
moins qu'il faut que l'Eloquence peu d'arti-
ſoit telemant naturalizée, qu'el- fice.
le ne paroiſſe plus artificiele.
C'eſt à dire que l'Art eſtant, méme dans ſa definition , vne imagination de la Nature, il retient
d'autant plus de l'Art qu'il en
conſerue moins ; tout ainſi qu'v-

ne copie eſt d'autant plus parfaite, qu'elle approche plus prés de
ſon original. Si tout ne paroît
qu'vne ſtructure artificieuze, ce
n'eſt pas la vraye Rhetorique,
mais la Sophiſtique. De méme
que les vers s'engendrent de nos
corps, cete mauuaize engeance
naît en nos jours de la perfection
de nôtre Langue Françoiſe; comme elle eſt née autrefois, de celle des Grecs & des Latins. L'é-
tude des paroles, aneantît celle
des choſes : & ne vouloir ſe faire admirer que comme vn bien
diſant, c'eſt d'ordinaire paſſer
pour vn ignorant.

Cete Circé produît encore ce
deſaſtre, qu'auec ſes charmes &
ſes enchantemans elle detruît *la*
Politique & la Societé humaine.
Par ce que dans l'aueu méme du
ſens commun, lors qu'il y a tant
Diſerts

Verba vo-
luere, &
celeritate
dicendi
apud impe-
rit. vulgus
admiratio-
nem ſui fa-
cere, indo-
ctorum ho-
minum eſt.
Hieron.
Epiſt.2.ad
Nepot.
La vie Ci-
uile.

Disent il y a beaucoup moins de
Sages, & tous ces discours effe-
minéz, sont les marques de la
corruption des mœurs. Vne vie
vertueuze ne parle point si la-
chemant. Ce n'est pas méme parler en honnéte Homme, mais en
Charlatan.

Le chant des Muzes, n'a rien
de commun auec celuy des Si-
renes. Les Esprits du commun,
n'entandent rien en ces circuits
de paroles alambiquées & ab-
traites. Ce sont des Enfans qui
ne demandent que du pain. C'est
principalemant à cete pauure
Multitude, que le Predicateur
est deteur & obligé. Ces Peuples
ont soif de la justice, & ils aiment
beaucoup mieus qu'on leur donne de l'eau dans des tuyaus de
terre, que de leur donner des
canaus d'or massif, mais sans eau.

D

*Cogitatio-
nes Sapiët.
iudicia.
Prouerb.12*

*In conue-
niens du
laugage
corrompuë
Doctor
parunlor.
Isa. 31.*

*Sapient.&
insipient.
debit.sum,
Rom. 1.*

Tout l'effort méme des plus habiles, a bien de la peine à suiure le vol de ces Aigles dans les nuës: & préque Perſonne ne peut atteindre à ces fineſſes de Diſcours, qui parlant beaucoup ne diſent rien. S'il ſe treuue quelques Eſprits aſſez perceans pour deuiner ces ſubtilitez, ils n'en tirent aucun profit. Car le ſeul plaizir naturel qu'ils prennent ou à ces belles ſaillies, ou à ces fades douceurs, les arréte & les occupe, les ramplit & les epuize.

Dum nimis ſuauitatem vocis, & ſtructuram ſyllabarum auidè audiunt, &c. Auguſt l.2 de lib. Arbitr. c. 16.

Dans les matieres mémes prophanes, l'on aimeroit beaucoup mieus le bon ſens d'vn Payzan de la Campagne, que l'on ne fait le fredon des roſſignols, le jargon des perroquets & les mots étudiez des ſanſonnets. Encore que d'abord le begaimant des Enfans, ait quelque choſe qui agrée,

toutefois il ennüiroit bien tôt fi
on s'y amuzoit. Et s'en vouloir
feruir dans les deliberations d'vn
Confeil ferieus, ce feroit fe randre ridicule au dernier poinct.

Outre que ces difcours puerils
font ennuyeus & degoûtans, ils
jettent *le foupçon* & le mépris
dans l'efprit des Auditeurs. La
liberté née auec l'Homme, luy
fait aimer la franchife. Quiconque le veût ou forcer ou tromper,
l'offance. Il ne craint pas moins
les furprifes, que les violances.
Il a vne horreur egale pour les
flatteurs, & pour les affaffins. Et
il prand tous ces difcours trop
étudiez & trop artificiels, pour
des gluaus, pour des appas &
pour des embûches. Tout ce que
l'on peut faire, c'eft de les fouf-
frir dans *ces Diferts* qui n'ont autre but que de plaire. Mais com-

Vnum quodque genus di-cendi, cum fucatur at-que perli-nitur, præ-ftigiofum eft. Aulus Gell. l. 7. c. 14.

me ils font profession particuliere de bien écrire, je doute s'ils
pretandent à la gloire entiere de
l'Eloquence. Au moins ils a-
uoüent eus-mémes que l'Eloquence Chrétienne n'estant pas
de ce caractere, & qu'elle doit
marcher auec vne autre majesté.

Aprés tout, le comble des mal-
heurs de ces Discours muguets
& contraints, de ce Langage in-
sidieux & affeté; c'est qu'il est le
chancre, & la peste de *l'Eloquence
Chrétienne.* C'est vn feu de mine,
qui sappe le fondemant de nôtre
Religion. C'est l'yuroye dont
l'Ennemi de la gloire de D I E V
& de nôtre Salut, corromt la
bonne semance. Ce font ces
pailles, que D I E V brulera au jour
de sa colere. Les Predicateurs à
la Mode au lieu d'eleuer sur l'v-
nique fondemant de nôtre foy,

C'est le poizon de l'Eloquence Chrétienne.

Superse-min. Zizã. inimic. ho-mo hoc fec. Matth.13.

Paleas combur. igni.Luc.13

qui eſt IESVS-CHRIST , de l'or ,
de l'argent, des pierres precieu-
zes : ne font leurs ouurages que
de bois vermoulu , de foin & de
chaume. Ils lient la muraille auec
de la paille , au lieu de cimant.
Et ils ſamblent eſtre gagez de
l'eſprit du Monde, pour détruire la Religion au lieu de l'edifier.
Ils font gloire de prononcer des
Oracles, ce qui n'appartient qu'à
DIEV. Ils ſe vantent de ne puizer
que dans la ſource de leurs beaus
eſprits , qui neanmoins d'ordinaire ne font que ces ciſternes
creuaſſées, ſeches & ſans eau ,
dont parle le Prophete Ieremie.
Cependant ſi c'eſt vn priuilege
du FILS DE DIEV, d'enſeigner
auec vne ſçiance qui luy eſt propre : il ne laiſſe pas de declarer
par vne proteſtation ſolemnelle,
que ſa doctrine n'eſt pas à luy;

Si quis au.
ſuperædifi-
cau. ligna,
fœn.ſtipul.
1. *Cor. 3.*

Deſtr. pa-
riet. quem
liniſt.abſq.
temperam.
Ezechiel.

Venerunt
ſtructores
tui deſtruẽ
tes te. Iſa.
49.

Foder. ſibi
ciſtern.
diſſip. & c.
Ierem. 2.

Doceb. ill.
in doctr.
ſuâ.Marc.

D iij

qu'il ne parle rien de foy-méme;
& méme que tout ce qu'il dit, il
le dit de la méme forte que fon
Pere le luy a dit; *quæ ego loquor,
ſicut dixit mihi Pater, ſic loquor.*

Les Trouppes qui ſuiuant les
Predicateurs ont faim dans le
deſert, demandent du pain : &
s'ils leur en donnent, ce n'eſt,
comme i'ay deſ-ja dit, qu'vn pain
de manſonge. Au lieu de l'E-
criture Sainte, qui eſt la manne
des vrays Iſraëlites & le pain
quotidien des Fideles ; ils ne couurent les tables de ce diuin ban-
quet que de viandes creuzes, ou
qui font ſamblables à celles
d'Heliogabale. Deuant eſtre les
Chirurgiens & les Medecins des
Ames, ils flattent la gangrene au
lieu de la coupper ; ils traitent
auec des confitures, où il faut
de l'aloës. Ces faus Prophetes

*Mea do-
ctrina non
eſt mea, ſed
ei qui miſ.
me Patr.
Ioan. 7.
Quæ audi-
ui ab eo.
Ioan. 8.
Ioan. 12.
Paruuli
petier. pan.
& non er.
qui fran-
ger. eis.
Hieron. 4.
Suauis eſt
homin. pa-
nis men-
dac.
Prouerb.
20.
Pernicioſa
dulcedo.
S. Auguſt.
4. Doctr.
Chriſt. c. 5*

n'ont ny nerfs ny os, D I E V les
a brisez en punition de leurs discours de complaizance.

Au lieu de publier la guerre
contre les vices, ils annoncent la
paix en des consciences pleines
d'ennemis. Leur front n'est pas
d'airain ny d'acier, mais poli &
fardé. Leurs langues qui deuroient porter les feus & les foudres, sont plus froides que la glace. Commant deracineroient ils
le peché ? Ils ne l'ebranlent pas.
Commant planteroient ils la vertu ? Ils n'ont jamais étudié le liure
des consçiances, les voyes de la
grace, ny la conduite des Ames.
Commant feroient ils de vrays
sacrifices ? Ils n'ont ny le glaiue,
ny le feu que I E S V S porte en sa
bouche, & qu'il veût mettre en
celle de ses Predicateurs. Si on y
apperçoit quelques bluettes, ce

Deus dissi-
pab. ossa
eor. qui ho-
min. plac.
Ps. 52.

Dicent
pax, pax
& non
est pax.
Ierem. 8.

Infra
Ezech. 3.

De ore ei.
glad. &c.
Apoc. 1.
Ignem ve-
ni mitt. in
terr. &c.
Luc. 12.

ne sont que de foibles étincelles d'vn feu folet & étranger, dont la lueur conduît dans les precipices. Ne presentant sur l'Autel que des fleurs & du miel, ils montrent par là qu'ils n'entandent pas les loix du Sacrifice. Euitant, comme si c'estoient des écueils, les profitables matieres de la Penitance, de la restitution, du pardon des ennemis, de la mort & de l'Enfer; où ils ne les traittent iamais, où il ne les touchent que d'vne main legere : toûjours auec des prefaces, & des excuses. De sorte que l'on a raison de douter s'ils croient tout de bon ces choses, les préchant si mal. Pour moy ce que je puis dire en cete rancontre de plus moderé, c'est que je ne treuue rien qui soit plus injurieus à I. CHR. & plus ruineus au Christianisme que cete mauuaize

Nec quic-
q. mellis
adoleb.
Leuit. 2.

Mode. En voicy la raison euidáte.

Nous ne deuons ny Sçauoir, ny Prêcher que I. CHR. & encore I. CHR. Crucifié. Ce Cajol libertin ne nous represente rien moins que ce lamantable objet. Cere Rhetorique affetée parle de toute autre chose, que de cet Homme de douleurs. Ou si elle en trace quelques traits legers, elle aime bien mieus les couleurs & les jours du Thabor, que les ombres & les tenebres du Caluaire.

La Predication est appelée par le même Apostre, la Parole de la Croix. Donc la galanterie de ces Puristes & Rafineurs qui ne parlent que la Cour ou le Roman, dont les discours sont tous de soye & de roze; qui ne produizent que le tour & le bel air, qui feroient scrupule d'employer d'autres mots que ceus qui sont

Predicam. Chr. Crucifix. 1. *Cor.* 1.

Verbum Crucis. ibid.

du cabinet & de la ruelle, n'eſt pas la parole de la Predication, ny l'ouurage de l'Eloquence Chrétienne. Au contraire c'eſt le crime de ces premiers Tyrans, qui éleuerent l'Idole de Venus & de Cupidon, de Iuppiter & d'Appollon ſur la Creche & ſur le Caluaire.

Qua dic-
ling. noſt.
magnifi-
cab, labia
noſtra à
nob. ſunt.
Pſ. 11.

Quelle horreur eſt celle-cy! Les bourreaus du FILS DE DIEV, luy firent boire du fiel & du vinaigre. Et lors qu'en ſon Corps myſtique, l'ardeur de ſa charité luy fait crier qu'il a ſoif du Salut des Ames; ces Cruels ne luy preſentent que du miel & du ſucre, qui luy fait plus de mal au cœur, & qui luy eſt plus outrageus que toutes les amertumes du Monde. Sans mantir il ne ſe faut pas étonner, ſi ne nourriſſant les Fideles que de ces fades douceurs, il ne

Matth. 27

Sitio. Ioan.
19.

s'engendre que des vers , des maladies: la mort enfin, & la corruption.

Ie laisse à penser si vn Sage Prophane ou vn Pecheur Libertin qui viendroit dans nos Auditoires , peut profiter de ce Langage; qui famblable aus accens de la Chine, n'est qu'vne chanson. Ou qui n'est, pour parler aueç S. Paul, qu'vn discours vuide & vain , comme ces fausses Perles du Pont-Euxin, qui ne seruent qu'à tromper. Ce sage Mondain entandant vn de ces Discoureurs à la Mode; pourra-t-il par la qualité de son Discours, ou deuiner le D I E V qu'il doit précher: ou se persuader qu'il croit ce qu'il préche , ou luy-méme demeurer persuadé de ce qu'il écoute ? Il pourra bien dire à l'issuë de la harangue, voila vn bel esprit, plein

Nemo vos seduc. jnan. verbis. Ephes. 5.

de pointes : voila vne piece a-
geancée, & polie auec beaucoup
de justesse & d'artifice. Mais il ne
dira jamais je suis raui, mon esprit est veincu, mon cœur est
touché ; je veus me conuertir, je
renonce à mes erreurs & à mes
débauches. Presentemant je vays
treuuer ce Predicateur, afin de
le consulter : afin qu'il m'apprenne
ne à croire & à imiter ce D I E V
Crucifié, qu'il m'a préché d'vne
façon si feruante & si diuin.

Helas! il en arriue tout au contraire. Toute cete Rhetorique
Theatrale est vn sujet de scan-
dale au Peuple Fidele, & vne oc-
casion de raillerie ou de blaspheme
me à ceus qui ne sont pas des
Domestiques de la Foy. Il arriue
à ces Discours mignons, pom-
peus & eclatans, la méme chose
qu'à l'Empereur Heraclius. Aprés

cete Illuftre Victoire ramportée
fur les Perfes, le Prince victorieus
voulant luy-méme porter en Ie-
rufalem la Sainte Croix qu'il
auoit reconquife; vne main puif-
fante & inuifible, l'arréte à la porte de la Ville. Alors, prenez garde
o Empereur : dît le Patriarche,
que le luxe & la magnificence
de vos precieus habits, ne s'accordent pas auec ceus de IESVS
portant fa Croix en ce méme endroit. Il les quitte, en prand de
fimples & de modeftes: & entre
dans la Ville, auec cet auguste
triomphe. Puis donc que la Predication eft la Parole de la Croix;
afin de la porter & de la faire entrer dans les Ames, il faut fe de-
poüiller des beautez trop eclat-
tantes de l'Eloquence feculiere:
& fe reduire à la bienfeance, à la
fimplicité & à la modeftie, dont

nous devons receuoir l'idée des
mains de Dieu même.

****

SECTION VI.

De la vraye Eloquence Chré-
tienne, & des qualitez
du Predicateur.

IL n'appartient cer-
tainemant qu'au mé-
me Esprit de DIEV
qui a formé la Parole
Incarnée dans le sein
de la Vierge, de nous donner vn
tableau acheué de la Parole Préchée. Tout ce que nous pouuons faire à l'ombre de cete ver-
Virt.altiss. tu du Tres-haut, c'est d'en tracer
obumbrab. quelque grossier crayon. Ie le
tibi. Luc.2 compoze de deus pieces principales. La premiere represente

l'Ouurier, & la seconde l'Ouurage. L'Ouurier c'est le Predicateur, l'Ouurage c'est la Predication.

Dans LE PREDICATEVR je
considere deus sortes de disposi-
tions, dont les vnes sont eloi-
gnées & viennent du dehors: les
autres sont plus immediates, &
comme personneles. Dans le
premier rang, je mets les auantages de la Nature, la Vocation
de DIEV, la Mission qui emane
des Superieurs.

Les trois conditions exterieu-res, pour faire vn Predica-teur.

Pour les premiers auantages,
si parmy les Anciens la statuë du
Dieu de l'Eloquence ne se fai-
soit pas indifferammant de toute matiere; à plus forte raison,
TOVS LES NATVRELS ne sont
pas propres pour faire vn Orateur
Chrétien. Si la Nature vous a
fermé l'entrée de ce Temple, ne

1. La Natu-re.

pensez pas la forcer. Si elle n'a
que des defauts particuliers, re-
gardez s'ils se peuuent veincre ou
corriger, supporter ou suppléer,
Quand vous aurez reconnu ce
que l'Auteur de la Nature vous a
donné pour cela, en l'esprit & au
corps, choisissez vne *façon de pre-*
cher, conforme à ces auantages

qui sont nays auec vous. Vous
ne pouuez pas refondre la Nature, & la Grace ne veut que ra-
remant faire des miracles. Moyze
alleguant son defaut de langue,
pour parler au Roy & au Peuple,
DIEV ne fait pas vn miracle,
pour le randre disert. Mais il luy
commande de se seruir de son
frere Aron, qui estoit eloquent.

Ce méme example nous ap-
prand, qu'il ne faut pas se jetter
temerairemant dans ce diuin Ministere. Il y faut estre *appelé de*
Dieu

Dieu comme Aron. C'est au Prince qu'il appartient de choisir ses Ambassadeurs. Ce qui est d'autant plus vray, que son seul choix les peut randre capables comme il se void dans les premiers Predicateurs de l'Euangile. Dans l'Eglize naissante quand il fut question de substituer vn Apostre en la place de Iudas l'Apostat, toute l'Assamblée des Freres qui estoit enuiron de six-vingt Personnes, se met en priere pour demander à D I E V celuy que sa Majesté auoit choisi de toute eternité à vne si haute Vocation. Et le sort, dit l'Histoire Apostolique, tomba sur Matthias. C'est le méme Esprit tout-sage & tout-puissant, qui commande qu'on luy mette à part Saul & Barnabé, afin qu'il les emploiât dans l'œuure auquel il

Idoneos nos fec. Minister. noui Testam. 2. *Cor.* 3.

Actor. 1.

Segregate mihi, &c. Actor. 13.

E

les appeloit. Et la fuite fait voir que ces diuins Predicateurs, eftoient quelquefois incitez mé-me miraculeuzemant d'aller en vne Prouince à laquelle ils ne fongeoient pas : d'autrefois ils eftoient retirez, & empéchez d'aller où ils defiroient. Pour dire que la Vocation eft le grand reffort de la Predication, & que le Predicateur ne doit point a-uoir d'autres moüuemans que ceus que luy imprime l'Efprit de DIEV. C'eft vne nuë qui fe laiffe manier au gré du vant. C'eft vn globe celefte, dont le mou-uemant doit fuiure l'impreffion de l'Intelligence, qui le fait rou-ler où elle veût; pour y commu-niquer fa lumiere, fa chaleur, & fes influances.

La marque indubitable de cete Vocation diuine, c'eft le

Vir Ma-cedo, &c. Aßor. 16.

Vetati funt à Spi-rit. Sancto, loqui ver-ba Dei in Afiâ. Ibid.

Prædica-tor. funt cœli & ter-ra nubes, &c. Au-guft. ferm. 2 in Pf. 88.

conseil des Directeurs de vôtre conçiance, le commandemant de vos Superieurs, *la Mission* des Lieutenans de I. CHR. D'elle-méme elle porte grace & benediction. La Predication est vn fruict samblable à sa racine, qui n'est autre que l'Incarnation. IESVS s'apele luy-méme, l'Enuoyé : & quiconque n'est point Enuoyé, ne peut estre legitime Predicateur. C'est le Charriot d'Ezechiel, qui porte par tout la gloire de DIEV. Il doit auoir son esprit, dans ses rouës. Et les Animaus, qûi le tirent doiuent auoir sous leurs aîles la main du Fils de l'Homme, qui les fait voler. Il est encore comparé à vn arc, & à vne fleche; celuy-la ne s'enfle pas tout seul, & celle-cy a besoin d'vne main qui la decoche. J'accorde auec l'Ecriture

3. La Missiõ

Si radix sancta, & rami. Rom. 11.

Quem mitt. & quis ibit nob. &c. Isa. 6.

Mitte quã missur. es. Exod. 4.

Non sum missus nisi ad oues, &c. Matt. 15.

Spirit. vitæ er. in rot. Ezech. 1.

Man. homin. sub pennis. Ibid.

E ij

Sainte que le Predicateur eſt vn Oizeleur, vn Chaſſeur, & vn Pécheur : mais il n'a pas droict de chaſſer dans le domaine de DIEV, & dans les terres de I. CHR. ſans la permiſſion du Seigneur. S. Paul fait Apôtre par IESVS méme en l'état de la gloire, eſt enuoyé au Prétre Ananias pour receuoir l'impoſition des mains : & pour autorizer ſa miſſion par les voyes ordinaires, il va en Ieruſalem conſulter les premiers Apôtres, de peur que ſon trauail ne fût vain, n'eſtant pas appreuué des Superieurs de l'Eglize. De méme lors que DIEV le choisît auec Barnabé, pour vne nouuelle Miſſion; aprés pluſieurs jûnes & prieres, on leur fait l'impoſition des mains.

Dans l'Hiſtoire de Moyze, Coré, Dathan & Abiron qui veu-

Poſuit me ſic. ſagit. electam. Iſa. 49.
Filii excuſforum. In Pſ. 126.
Amos. 3.
Ecce ego mitt. piſcator. & venator. Ierem. 16.
Actor. 9.
Galat. 2.
Actor. 13.
Numer. 16

lent approcher de l'Autel pour
bruler de l'encens, font engloutis, & abyfmez. Dans celle des *1. Machab.*
Machabées, Iofeph & Azarias *12.*
qui vont à la guerre fans auoir
receu ordre de ceus que DIEV
auoit choifis, porterent bien tôt
la peine deuë à leur orgueil & à *Concil.*
leur temerité. Les Prelats font les *Tridentin.*
Moyzes & les Arons. Ce font *feff.5. ch.4*
dans l'Hiftoire Apoftolique, les *Ducibus*
Conducteurs & les Capitaines de *verbi.*
la Parole. S'y enrôler & s'y enga- *Actor. 14.*
ger fans leur ordre & fans leur attache, c'eft vn crime qui irrite le
Ciel & qui defole la terre. En vn
mot, aller Prêcher fans eftre enuoyé, c'eft le caractere des faus
Prophetes.

SECTION VII.

Des trois autres Conditions plus essentieles à l'Orateur Chrétien.

Trois au-
tres condi-
tions plus
intimes.

Sanctitas
conuersa-
tionis, ple-
nitudo
scientia,
facundior
eloquentia
vena. Ar-
nulph. Le-
xou. orat.
in Syn.
Turon. ad
Alexad.3.

Es trois premieres conditions que nous venons de toucher, ne releuant que fort peu de nôtre industrie, elle doit incessammant agir dans les *trois autres*; qui sont la Vertu examplaire, la Doctrine solide, & le zele feruant.

Pour le premier l'on peut auancer cete maxime, que la DEFINITION d'vn Predicateur, c'est de dire qu'il doit estre vne sainte Eloquence, & vne eloquente Sainteté. Encore que l'adorable Meſſie commande aus Auditeurs de regarder plûtôt la Chaire que la Perſonne, la Doctrine enſeignée que le Docteur qui l'enſeigne : il eſt toûjours vray neanmoins que la plûpart attachent bien plus leurs yeus ſur les mains, que ſur la langue des Predicateurs. Toute la muſique ſe deconcerte, quand le battemant de la main & la conduite de la voix ne s'accordent pas. Et certes on a raiſon de demander les œuures des Docteurs, pour preuues & pour gages de leurs paroles.

Si declamant contre les vices, leur vie en eſt ſoüillée. Si inuectiuant contre l'ambition & l'auarice, on les voit eſclaues de la fortune ; n'a-t-on pas ſujet legitime de leur repartir auec le Saint

La vie examplaire

Quacumq. dixer. vob. fac. &c. Matth. 23

Sans ſcandale.

Habeat vita tua clarā vocem, eadē qua dicis docentem. Chryſoſt. homil. 2 & in Pſ. 49.

Perdit autoritatem dicendi, cuius ſermo opere deſtruitur. Hieron. Epiſt. 83. & 2. ad Nepotian.

Euangile, *Medecin gueri-toy toy-même*. Si l'habit, la mine, le geste ressentent l'affetterie, & qu'ils se mélent de la condamner dans ceus qui les ecoutét, chacun leur dira, du moins en son cœur, vous qui entreprenez d'enseigner les autres que ne vous instruizez-vous les premiers ? Vne lumiere éteinte peut-elle nous eclairer, & vn Sel euanté peut-il nous assaizonner ? Si le Predicateur n'a les vrays sentimans du Christia-nisme, DIEV méme luy dira en sa colere, malheureus & indigne, qui te fait si hardi que de parler en mon nom : & de faire passer mes loüanges, par ta bouche cri-minele ? I. CHR. le grand enne-mi des Hypocrites luy dira auec aigreur, traître Iudas, engeance de vipere, commant oze-tu par-ler de mes Mysteres, sçachant

Medice cura te ip-sum. Luc. 4

Qui alios doc. te ipf. non doces, &c. Rom. 2

Si lumen quod in te est, tenebr. sunt, &c. Matth. 6.

Peccatori dix. Deus, quare tu enarr. iu-stit. meas? &c. Pf. 49

Hipocrita, Progenies viperar. quomodo potest, bo-na loqui, cum sitis mali? &c. Matt. 12.

bien que tu ne les crois pas, &
que tu ne vaus rien ? Iamais vn *Non poteſt arb. mala bon. fruct. fac.*
mauuais arbre ne produît de
bons fruicts, & jamais on ne void *Numquid collig. de ſpin. vuas. Matth. 7.*
des raizins naître au milieu d'vn
buiſſon. Parlez cóme vous deuez
viure, viuez comme vous deuez
parler. Ces Enfans de Sceuas qui *Actor. 19.*
ſe méloient d'exorcizer au nom
de I ᴇꜱᴠꜱ, que S. Paul préchoit;
furent préque mis en pieces, par
les Demons. Parler de D ɪ ᴇ ᴠ &
des choſes Saintes, n'eſt pas toûjours vne marque de Sainteté.
Car c'eſt vne judicieuse remar-
que de S. Gregoire de Nyſſe, que *Orat. de Ordinat. ſuâ.*
le Diable a eſté le premier de tou-
tes les Creatures, qui s'eſt ſerui
du nom de D ɪ ᴇ ᴠ : mais c'eſtoit
pour perdre l'Homme, qui l'e- *Geneſ. 3.*
coutoit. Il a encore employé le
méme artifice contre I. Cʜʀ. *Matth. 4.*
lòrs qu'il la tanté dans le dezert

auec plus de violance.

Ce n'eſt pas aſſez que la vie du Predicateur ſoit nette de tout ſcandale, il eſt neceſſaire qu'elle ſoit enrichie de toute ſorte de VERTVS. Toute ſa vie comme celle du diuin Batiſte, ne doit eſtre qu'vne voix : & toutes ſes actions, doiuent eſtre autant de puiſſantes declamations. Ce doit eſtre cete lampe, qui echauffe & qui eclaire. La doctrine dans les paroles, c'eſt ce que l'on appele la ſçiance : la doctrine dans les mœurs, c'eſt ce qu'on nomme la vertu ; *doctrina in dictis, ſcientia eſt : in factis, virtus.* Quiconque à la charge d'enſeigner, eſt vn de ces grans Luminaires ; qui doit eclairer par ſa doctrine, & echauffer par ſes examples. A l'imitation de celuy au nom duquel il parle, il doit commancer par la

La vie ver-
tueuze.
*Forma vi-
uendi, co-
pia dicédi.
Doctrinã
quam prœ-
dicat ore,
ſtatuat
opere, &c.
Auguſt. 4.
Doctr.
Chriſt.
paſſim.*

*Lumina-
ria in mun-
dô lucent.
&c. Phi-
lipp. 2.*

*Omnia
erant prœ-
conialia.
Caſſiodor.*

*Erat lucer
na ard.
& luc.
Ioan. 5.*

pratique. L'action doit eſtre ſon premier Sermon, comme c'eſt le chemin à la vertu le plus court & le plus facile. C'eſt en la main que l'on porte cete clef de Dauid, qui ouure le Paradis : & les Anciens auoient raiſon, de mettre la couronne ſur le bras victorieus, auparauant que de la pozer ſur la téte. Les Trompettes qui faiſoient les aſſamblées du Peuple de D I E V, eſtoient d'argent. Et S. Bernard auertît les Predicateurs, que leur voix doit eſtre la voix méme de la vertu.

Encore que l'aſſamblage de toutes les vertus ſoit neceſſaire, pour former vn Homme Apoſtolique : & pour ſanctifier l'Euangile, comme parle l'Apoſtre ; je n'en particularizeray que *trois*, la Solitude, l'Auſterité, & la Priere.

Solùm lucere, vanũ: ſolùm ardere, parùm; ardere & lucere, pẽrfectum. Bernard. Serm. de S. Ioan. Bapt.

Cæpit Ieſus fac. & doc. Actor. 1.

Longum iter per præcepta, breuis via per exempla, &c. Senec. Epiſt.

Tuler. clauem ſcient. &c. Luc. 11

Hab. clauis Dauid. Apoc. 3.

La *Retraite* & l'amour de la Solitude, sont assez persuadées par l'example conueincant du Precurseur & du Messie. Celuy-la se retira dans le dezert, des l'âge de trois ans : & celuy-cy y estant conduit par l'Esprit de DIEV y demeura quarante iours, comme pour se preparer à sa Predication de quarante mois. Nous voyons que les Trouppeaus ont des Hommes qui les conduisent, de méme les Mondains ne se laissent pas volontiers instruire par leurs samblables. La familiarité engendre le mépris; & l'on ne croit pas que celuy qui n'est jamais separé du Monde, en ait horreur. Ce qui est encore plus vray à l'egard de la Ieunesse. Faire de l'Homme de DIEV, deuant que d'estre homme : & paroître sur ce theatre diuin,

Numer. 10 ex Hieron. in Ps. 97. Memento voci tuæ dare vocẽ virtutis. Epist. 20.2 ex Ps. 28.

Trois vertus principales.

Sanctificàs Euãg. Dei Rom. 15.

La Retraite & la solitude.

Matt. 4.

La qualité de l'âge des Predicateurs.

deuant que de s'estre exercé plu-
sieurs années dans les études &
dans les deserts ; c'est prandre vn
chemin tout contraire à celuy
des Basiles, des Gregoires, & de
Chrysostomes. Le Pape S. Leon
attachoit ce grand office à la Pré-
trize , l'vzage le communique
aus Diacres. S. Ierôme n'est pas
seul à vouloir, par l'example du
Sauueur , que l'on attande l'âge
de trante ans. Ie le croy, pour s'y
adonner tout à fait. Ce qui n'em-
pêche pas que l'on n'en fasse des
essais, des l'âge de vingt & cinq.
Tant-y-a qu'il faut toûjours se
retirer, deuant que de se manife-
ster.

Outre cete premiere preparation , & le peu de hantize que
nous deuons auoir auec le Siecle ; il faudroit en chaque mois
& en chaque année , destiner

Statuimus vt præd. Dom. Sacerdotes, nullus audeat prædicare. Epist. 61. Id Ezech. Gregor. M. homil. I. in eund. Glossa Ordin. in Genes. 41.

quelques jours à cete sainte Rétraite. Ce seroit imiter les Apostres, qui se retiroient pour r'abiller leurs filets afin de retourner à la péche. Et sans doute c'est vne sainte pratique, de se ranfermer dans *l'Exercice des dix jours*, au moins deuant que de s'engager dans le trauail du Caréme.

S. Augustin à bonne grace de comparer les Predicateurs à ces Oiseaus, dont parle le Prophete Royal en diuers endroits de ses Hymnes sacrez. Mais il remarque auec sa subtilité ordinaire, que ces Oiseaus sont du Paradis, *volucres cœli*. Que la conuersation des Predicateurs, doit estre plus frequante dans le Ciel que sur la terre: & que c'est du milieu des pierres & des rochers, que leurs voix doiuent estre entanduës;

Reficient. ret. in captur. Matth. 4.

2. La vie austere & penitante.

Ps. 103.

Nostra conuersatio in cœlis Philipp. 3

de medio petrarum, dabunt voces. Ce
qui marque egalemant & la Solitude & l'Avsterite', dont
l'vnion donne la force & la vi-
gueur à la Predication de l'Euangile.

N'eſt-ce pas choſe étonnan-
te , qu'vn Predicateur miracu-
leus , fait Docteur dans le troiziéme Ciel , & aſſeuré de l'état
de grace par la bouche de D I E V
méme ; ne préche neanmoins jamais qu'en tramblant , & auec
crainte d'eſtre Reprouué ? Si ce
grand S. Paul jûne , veille , tra-
uaille, ſe foëtte & ſe châtie luy- *Caſtigo*
méme impitoyablemant , pour *corpus*
                                meum,&c.
ne ſe pas perdre en ſauuant les *1.Corint.9.*
autres ; je laiſſe à penſer ſi des
Perſonnes qui font profeſſion
ouuerte d'vne vie molle & deli-
cieuze , ſont bien propres pour
précher vn D I E V dans les épi-

nes & dans les supplices.

Le Predicateur est samblable à l'Oiseau Achante. C'est vn espece de Rossignol, qui ne chantent iamais auec plus de douceur que quand il est couché sur les épines. Il ne faut regarder que la vie du diuin Precurseur, pour estre conueincu sur la necessité des pratiques de la mortification & de l'esprit de penitance.

L'ame de cete solitude, l'esprit de cete austerité n'est autre certainemant, que la PRIERE, & L'ORAISON. Ouurez vôtre

3. La Priere & l'Oraison.

Aperi os tuum, & impleb. illud. Pf. 8. Os meum aper. & attraxi spirit. Pf. 118

bouche, dit le Seigneur, & je la rampliray. Ie l'ay ouuerte, répond Dauid, & j'ay attiré l'Esprit au dedans de moy. Vn Ambassadeur reçoit dans le cabinet, & méme par écrit, le secret & les instructions du Maître qui l'enuoie. Il ne doit propozer que ce qui

qui luy est commandé, il doit randre conte & consulter son Maître en toutes les occasions. LE FILS DE DIEV qui est l'Ambaffadeur & le Predicateur de son Pere, en vze de la sorte. Il ne nous donne point d'autres paroles, que celles qu'il a receües de luy. Quoy qu'il n'eût jamais befoin de recueillemant, il se retire du commerce des hommes, il se ranferme dans la solitude & le filance; paffant les nuicts entieres en l'oraifon, mais en l'oraifon de DIEV, *erat pernoctans in orationé Dei.*

Verba qua ded. mihi Pat. dedi eis. Ioan. 17

Luc. 6.

Voila juftemant la regle & la conduite du Predicateur, qui est appelé pour ce fujet, la bouche de DIEV, & les levres de I. CHR. Il ne doit donner dans la Predication, que ce qui luy est donné dans l'oraifon. Il est, dit fubtile-

Quod os Domin. locut. est. χείλη τȣ χȣȢτȣ. Bafil. in Pf. 44.

F

ment S. Augustin, vn de ces Anges ; qui montent par la Priere, & qui descendent par les Sermons sur le Fils de l'Homme.

Tract. 7. in Ioan.

Il doit estre Orateur, deuant que d'estre Predicateur. L'Eglise dans ses anciens formulaires auoit vne priere particuliere, pour les Euesques lors qu'ils alloient monter en Chaire. Et encore aujourd'huy l'entrée du Sermon, est vne humble inuocation du Saint-Esprit ; par l'entremise de cete auguste Vierge, laquelle il a randuë Mere du Verbe Incarné. Les Peres soûtiennent, que les Anges des Eglises assistent particulieremant ceus qui y Préchent : & le B. François Borgia conseille au Predicateur, d'inuoquer toûjours entrant en Chaire, les Anges Gardiens tant de luy que de tout ses Auditeurs.

Sit Orator, antequam Dictor 4. Doctr. Christ. c. 5

Origen. homil. 11. in Numer.

En vn Traité sur ce sujet.

Ce qui m'a fait dire il y a long temps auec ce grand Homme Loüis de Grenade, qu'il y a peu de vrays Predicateurs, par ce qu'il y en a tres-peu qui s'addonnent ferieuzemant aus exercices de la Vie Spirituele. Donnez-vous bien de garde, nous auertît vn grand Maître de cete Theologie Myftique, de n'eftre qu'vn canal : ou de l'eftre, auparauant que d'auoir efté le baffin de la Fonteine. Ces Aqueducs aufquels l'Ecclefiaftique & Ezaye comparent les Predicateurs, ne verfent de l'eau qu'aprés en eftre ramplies. Et fi on les appele fi fouuant dans le Langage Sacré, des nuées ; c'eft pour nous faire remarquer, que les eaus dont ils arrozent le parterre de l'Eglife, ne font fecondes

En la vie de l'Archeu. de Brague.

Pourquoy peu de Predicateurs.

Si fapis concham te exhibebis, non canalem. Implere priùs &c. Bernard. ferm. 18. in Cant.

Procop. in Ifa.

Qui funt ifti qui vt nub. vol. & qua. columb. ad Feneft. Ifa. 60.

que quand elles tombent du Ciel.

Ce n'est pas qu'auec cet Arrozoir d'enhaut, il ne faille joindre celuy d'en bas ; j'entens l'etude serieuze , la sainē DOC-TRINE & la Sçiance solide. Elle est si essantiele à la Predication, que pour en dire mes sentimans auec plus d'étanduë ; je les veus reseruer à vne autre Section , & reprandre le troiziéme ornemant du vray Predicateur.

SECTION VIII.

Du zele qui doit animer l'Orateur Chrétien.

Ertainemant l'on ne s'en peut imaginer vne idée plus parfaite, que le grand S. Elie. C'eſtoit vn Homme tout de feu, les flammes luy auoient ſerui de laict en ſon enfance : quand il ouuroit la bouche, il n'en ſortoit que des foudres & des eclairs ; & quand il fut enleué miraculeu-zemant, ce fut ſur vn char flam-boyant. Toute la vie de ce diuin Prophete, eſt l'image de celle du Predicateur. La premiere Vi-ſion d'Ezechiel, en fourniroit vn autre tableau fort accompli en

3. condition du Predica-teur, le zele feruant.

Verbum illi. qua facula ar-deb.Eccleſ. 48.

Dedi ver-ba tua in ignem. Ierem. 5.

toutes ſes circonſtances. Ie ne m'arréte qu'à celle qui donne à tous les quatre Animaus , vne méme figure. C'eſt vn brazier de charbons ardans , & vn amas de lampes qui eclatent de toutes parts. Il y a au milieu vne ſplandeur , d'où l'on voit naître vn grand feu : & ce feu lance les foudres , & les tonnerres. L'Eloquence pour eſtre Chrétienne, doit eſtre cet or allumé de l'Apocalypſe. L'Otateur doit auoir la charité dans le cœur , comme vne piece d'or : & le zele dans la bouche , tout ainſi que des flammes de feu.

C'eſt à dire que quiconque parle de la part de Dieu, ne doit parler que pour la gloire de ſon Saint Nom , pour l'honneur de I. Chr. pour le bien de ſon Egliſe , & pour le ſalut des Ames.

Et ſimilit. animal. aſpect. eor. quaſi carbon. ign. ardent. & quaſi aſpect. lamp. Ezech. 1.

Suad. tibi emer. aur. ignit. Apoc. 3.

Si on vile ailleurs, l'on s'égare :
& fi on fe propoze d'autres fins,
l'on s'abuze. Toutes les lignes
de cete diuine Rhetorique, doiuent aboutir à ce centre ; je parle
de la part de D I E V, & je ne parle que pour D I E V. La deuize
du Predicateur, eft celle-là méme de S. Thereze ; *quod Deus non
eft, nihil mihi eft* : ou fi vous ai-
mez mieus, celle de S. Thomas ;
nil nifi te Domine. Mon office
c'eft d'accomplir en moy, ce qui
manque aus Paffions de I E S V S; *Ad impleo
in me quæ
def.paffion.
&c.Coloff.
1.*
les applicant tant pour ma propre fanctification, que pour la
conuerfion des autres. Ie ne *In afper-
fion. fan-
guin.
1. Petr.1.*
monte en Chaire que pour ver-
fer le Sang de mon Sauueur, fur
tous ceus qui m'écoutent ; afin *Vt exhib.
glorioſ.
Ecclef.&c.
Ephef. 5.*
de luy faire vn Corps Myftique
plein de gloire & de beauté, fans
tache & fans ride. Si ie veus em-

brazer mes Auditeurs, je ne dois pas estre de glace : & à l'exemple de ce Vaillant de l'antiquité, je dois tirer de ma poitrine les fleches dont je veus entamer la leur. I'ay charge de parler non pas à leurs oreilles, mais à leur cœur. Ie ne dois pas auoir quelques éclats de zele, mais je dois en estre tout couuert comme d'vn manteau ; *opertus quasi pallio zeli.* Ma langue doit estre cete épée à deus tranchans, qui perce jûqu'au centre de l'ame, & dans la moëlle des consçiances.

Ce saint zele apprandra au Predicateur, qu'il est l'Ange qui doit *remüer* les eaus de Siloë, pour les randre salutaires. Qu'il doit crier à haute voix, pour retirer du tombeau ces Pecheurs pourris dans vne puante corru-

Loquimini ad cor Ieruf. Ifa. 40

Ifa. 59.
Viuus eft enim sermo Dei, & efficax & penetr. omni glad. ancip.
Hebr. 4.

Effets du zele.
1. Toucher les consçiances.
Ioan. 9.

Lazare reueni for.
Ioan. 11.

ption & def-ja toute moizie. Que
fon cry contre les crimes, doit
eftre fort & continu. Qu'il doit
faire des efforts extra-ordinaires,
pour arracher les Ames des bra-
ziers eternels où elles vont fe
precipitant. Que l'huile de lys qui
coule de fes levres, doit eftre mé-
lée auec celle de la myrrhe la plus
amere.

*Clama ne-
ceffe, ex
altaq. tuba
voc. tuam.
Ifa. 58.
In fortitu-
dine voc.
tuam. ibid.*

*De igne
rapientes.
Iudith 16*

*Labia lilia
diftillant.
myrrham
prim.
Cant. 5.*

Ce faint zele apprand en fecond lieu , à diftinguer de vray
les Perfonnés & les Conditions :
mais fans *epargner* les vices , &
fans *flatter* les oreilles. Le Predicateur parlant en la Perfonne
de DIEV & de fon Fils vnique,
certes il le doit faire comme luy,
auec puiffance & autorité. Toutefois cete fainte liberté de l'Efprit de DIEV , ne doit rien tenir ny de la temerité, ny de l'effronterie. La pudeur & la mode-

*3. N'épar-
gnez per-
fonne.*

*Argue
cum omni
imperio 2.
Timoth.
vlt.*

*Auec mo-
deration.*

ſtie, eſt vn des plus precieus ornemans & vne des plus belles
couleurs de l'Eloquence Chrétienne. C'eſt vn foudre, mais ſi
delié qu'il fait mourir le vice,
ſans bleſſer le pecheur. Auec
cete retenuë Euangelique, préchez la Parole, dit le grand Maître dés Predicateurs, preſſez à
propos, hors de propos : em-
ployez les reprimandes, les prieres, les conjurations, les inuecti-
ues, les menaſſes.

Honorez *les Princes* que vous
voyez à vos pieds, mais remon-
trez-leur leur deuoir ſans honte
& ſans crainte. Faites-leur voir
leurs playes, qui leur ſont ca-
chées par les flatteurs de Cour.
Dans ces illuſtres occaſions ce
n'eſt pas vous qui parlez, c'eſt
D I E V qui parle en vous. Ima-
ginez-vous ce qu'il diroit, s'il

Prædica verbum. 2 *Timoth.*4.

Corripiēt. omn. homi- nem, & do- cent. omn. homin. in omni ſa- pienᵗ. Coloſſ. 1.

Loqueb. de teſti. tu. in conſp. Reg. & non co- fundeb. Pſ. 118.

His qui latan. ſup.

eſtoit en vôtre place : & le dites, puîque vous tenez la ſienne. Quand méme il vous en deuroit coûter la vie, vous ſeriez trop heureus d'eſtre auec S. Iean, & aprés le FILS DE DIEV, vne victime de la verité.

*muros coc-
ti later. lo-
quim. pla-
gas ſuas.
Iſa.* 16.

3. Reprandre les Grans.

*Non eſtis
vos qui lo-
quim. &c.
Matth.*10

Donnez-vous bien de garde, de verſer l'huile de la flaterie ſur les tétes crimineles. La peſte de la Predication, c'eſt la complai- zance. Et je n'y voy rien de ſi cri- minel, que cete maudite parole ; je veus plaire, je veus me faire du credit. Ie veus acquerir de la re- putation, arriuer où je viſe ; en vn mot, il faut établir ſa fortune. Quelle horreur ! Enſeigner aus Auditeurs à mal faire, tandis que le Predicateur apprand à bien dire. Se joüer ainſi des Ames qui ſont le prix du Sang d'vn DIEV, & faire ſon apprantiſſage aus dé-

*Oleum pec
cator. non
imping.
cap. meum.
Pſ.*140.

4. Contre la complai zance.

pans de leur Salut. C'eſt ſe prêcher ſoy-mème, non pas le Crucifié : & c'eſt prophaner la Sainteté de ce diuin Miniſtere, que
de l'employer ou pour plaire aus
autres, ou pour ſe ſatisfaire à ſoy-
mème.

Docente te
in Eccleſiâ
non clamor
populi, ſed
gemitus
ſuſcitetur.
Lachryma
Auditorũ,
laudes tuæ
ſint. Hier.
Epiſt. 2.

Flebat om-
nis popul.
cum audir.
verba leg.
2.*Eſdr.* 8.

5. Reietter
les Ioüan-
ges, & les
applaudiſ-
ſemans.

Les vrayes *loüanges* d'vn Orateur Chrétien, ſe recueillent des
yeus, & non pas des levres. Les
applaudiſſemans & les Careſſes
de ſes Auditeurs, luy doiuent
eſtre ſuſpectes. Leurs larmes,
leurs ſoûpirs, leurs gemiſſemans,
leurs penitances ; c'eſt ce qu'il
doit rechercher, & la ſeule choſe qui le doit contanter. C'eſt le
vray effet de la Parole de D I E V,
de faire fondre en larmes les
cœurs les plus endurcis. Le Predicateur eſt vn Prétre, qui veut
offrir à D I E V le cœur de ſes Auditeurs. Mais ces ſacrifices doi-

uent eftre conuertis de fel, & de feu.

Du refte cete perle enflammée, ce charbon ardant qu'vn Seraphin prand auec les cizeaus fur l'Autel, doit telemant *purifier* fes levres & fon cœur; qu'il puiffe dire auec S. Paul, je ne cherche pas ce qui m'eft vtile, mais ce qui peut profiter à tout le Monde. Chers Auditeurs, c'eft vous que je cherche, & non pas ce qui eft à vous : *non veftra, fed vos.* Vn Predicateur en Chaire, c'eft Iofeph qui cherche fes freres. La Predication n'eft inftituée que pour cela. Cet Efprit d'intelligence & d'Eloquence, qui deueloppe & qui explique diuinemant tous les Myfteres de la Foy, n'eft donné à vn chacun que pour l'vtilité de tous.

Ce n'eft pas que nôtre Ora-

Planctum quæro, non plaufum. Bernard. fermo. 59 in Cant.

Omnis vict. fale faliet & igne fal. Marc 9 6. Contre les interefts Ifa. 6.

Non quærim. quod nob. vtile, fed quod multis, vt falui fiant. 1. Cor. 10

Fratres meos quæro. Gen. 37 Vnic. dat. eft Spirit. manifeftation. ad vtilitatem. 1. Cor. 12. 7

teur Euangelique ne doiue *fou-haiter*, d'eftre écouté auec attantion : méme au ftyle de l'Ecriture, auec auidité. L'Orateur du Pere Eternel ne treuuoit pas mauuais les empreffemans que l'on auoit pour le voir, & la diligence des Peuples qui fe leuoient de fort grand matin pour l'écouter. Mais il protefte que quand il fait ce faint office, il ne releue que de fon Pere. Il ne reconnoît ny fa Mere, ny fes Parans. Il detourne habilemant les loüanges qu'on luy donne, à l'honneur de celuy qui l'a enuoyé : au profit de fes Auditeurs, & de fes Panegyriftes.

Example adorable qui juftifie que c'eft vn commerce infame & criminel, quand vn Predicateur nourrît fon Auditoire de complaizances : & que reciproque-

Cum auiditate. Act. 17. Omnis populus manicabat ad eum in templo, audire eum. Luc 21.

Nefciebat. quia in iis quæ patris mei funt, oport. me effe. Luc. 2

Quæ eft mater mea &c. Nunquam fic locut. eft homo. Ioan. 7.

Beatus venter, &c Luc. 11

mant il veut eſtre payé en la fauſſe
monnoye des loüanges, ſouuant
gagées & cabbalées. C'eſt acroî-
tre la demangeaizon des Eſprits
curieus, & ce prurit des oreilles
delicates , qui repetent en ce
Siecle cete demande rapportée
chez Ezaye; entretenez-nous de
Diſcours agreables, debitez-nous
vos belles penſées , etallez auec
pompe & eclat les grandes productions de vôtre eſprit : & nous
contez ce qu'il y a de plus recher-
ché dans les Fables, & de plus
exquis dans la Politeſſe. A ce ſi-
fflemant de Serpant Infernal,
l'Homme de D I E V repart ces
ſolides veritez, qui ſont autant
de diuins Oracles. Si vous me
flattez, vous me trompez : & ſi
je vous plais, je vous pers. Pour
moy n'eſtant auec S. Iean qu'vne
voix & vn echo, je ne puis ſinon

Sanam do-
ctrin. non
ſuſtin. ſed
ad ſua de-
ſid. coacer-
uab. ſibi
Magiſtr.
purient.
aurib. &c.
2. Timot. 4.

Loquim.
nob. placēt.
videte nob.
viſion. &c
Iſa. 30. 10

Beatific.
popul.
iſtum ſe-
ducentes,
& qui bea-
tificāt. præ
cipitati.
Iſa. 9. 15.

Ego vox
&c. Ioan. 1
Non pot.
pro niſi ſer-

randre ce que D I E V m'a dit. Il ne m'eſt pas permis d'ajoûter, ou d'ôter quoy que ce ſoit aus paroles de mon Maître & du vôtre. Les benedictions que je vous ſouhaite, & les maledictions dont je vous menaſſe ; viennent de luy, & non pas de moy.

Ce ſont ces ſentimans du Prophete Michée & de Balaam, qui doiuent former ceus du Predicateur Euangelique. La pratique n'en peut eſtre mieus repreſentée dans le Nouueau Teſtamant, qu'en la perſonne de ce Iuif d'Alexandrie, depeint par S. Luc en l'Hiſtoire Apoſtolique. Tandis méme qu'il ne préchoit que le batéme de Iean, *c'eſtoit vn homme Eloquent, tres-habile en la Sçiance des Ecritures, bien inſtruit dans la voye du Seigneur ; qui plein de ferueur & d'eſprit, enſeignoit les*
choſes

mon. Dei mei.
Numer. 24
Quodcum- que dixer. Deus, hoc dicam. 3.
Reg. 24.
Mich. 6.

Vir eloq. potens in ſcriptur. edoct. viā Domin. & feruens Spirit. loqueb. & doceb. diligent. ea qua ſunt Ieſu.
Actor. 18

choses de IESVS *auec vne diligence*
& vne actiuité merueilleuze. Vn
Prétre ou vn Religieus doüé de
toutes ces belles qualitez, à vôtre
auis ne feroit-il pas bien capable
de faire de bons Sermons, & de
veritables Predications?

SECTION IX.

De la saine & sainte Do-
ctrine, qui sert de matiere
à l'Eloquence Chrétienne.

E ne veus pas repeter
en cet endroit, ce
que j'enseigne ail-
leurs des trois sortes
de Rhetorique. C'est

Dans la II.
Part. du
Portrait de
la Sagesse
Vniuersele.
Et Philo-
calior.
Tom. II.

assez pour mon dessein d'auertir
mon Lecteur, que j'appele ELO-

G

QVENCE CHRETIENNE; cel-
le qui a vne matiere docte & fainte, vne Forme claire & nette,
vne Elocution pure & naturele.

Le premier de ces trois cara-
cteres, donne aus Sermons le
fonds d'vne DOCTRINE faine
& folide. Prêcher fans cela c'eſt
parler en l'air, c'eſt fonner vne
cloche ou joüer des cymbales,
c'eſt titre des toiles d'airaignées.
Iamais vous ne treuuez la qualité
de Paſteur, qui ne foit liée im-
mediatemant à celle de Docteur.
Ce n'eſt pas vn oracle de S. Ierôme, il eſt méme du fens commun; qu'il faut apprandre ferieuzemant, ce que l'on veut enfeigner vtilemant. Et l'on ne
ſçauroit aſſez condamner auec
S. Gregoire de Nazianze, ceus
qui prezument de deuenir de

Marginal notes:

Trois con-
ditions de
l'Eloquece
Chrétiéne.

1. La matie-
re eſt la do-
ctrine.

In aera la-
quentes.
1. Cor. 13.

Iob. 8.

Qua fine
animâ sūs,
vocem
dantia.
1. Cor. 14.

Diſce
quod doces
Hieron.
Epiſtol. 2.

Orat. 9. &
39.

bons Maîtres , n'ayant jamais
esté que de fort mauuais Disciples. C'est l'esprit principal de
la Mission des Apostres. Allez,
leur dit le FILS DE DIEV enuoyant ses Predicateurs , ensei-
gnez toutes les Nations de la
Terre. Et le grand Maître des
Predicateurs commande à Timothée , d'ordonner pour Prétres des Hommes fideles qui soit
capables d'enseigner les autres.
Cete grande Science est necessaire tant pour détruire le mansonge , que pour appuyer la ve-
rité. C'est pourquoy l'enuoy que
DIEV fait des Prophetes, c'est à
dire des Predicateurs enferme à
méme temps la qualité de Sages
& de Sçauans.

Euntes ergo , docete omnes gentes. Matth. 28

Fidelib. homin. qui idonei erũt & al. doc. 2. Epist. 2

Mitto ad vos Prophet. & sapient. Matth. 13

Mais cete Science pour estre
Euangelique , doit estre *Sainte.*
Il la faut demander à DIEV, qui

Cete doctrine doit estre sainte.

G ij

Deus sciē-
tiar. Dom.
1. Reg. 2.

Domine
qui habet
sanct.sciēt.
1. Mac-
chab. 6.

Ample-
ctor. eum
qui sec.do-
ctrin. est,
fidel. ser-
mon. vt
pot.sit ex
hort.in do-
ctr.sanâ.
ad Tit..3.

Labor. in
verb. &
doctr.
1.Timot.5.
L'Ecriture.

ιερα εκκ-
λισιαςικης
Hιεραρχιας.
Synod. 7.
can. 2.

en possede la plenitude. Il nous ouure les sources & les trezors, dans *l'Ecriture Sainte.* Le Viel & le Nouueau Testamant sont les richesses de l'Eloquence Chrétienne, aussi bien que la substance de toute la Hierarchie Ecclesiastique. C'est vne mine d'or, tout y est precieus. C'est la manne du Ciel & le pain des Anges, qui enferme toutes les saueurs. L'Ecriture est la vraye Encyclopedie du Predicateur. Le Saint-Esprit est promis aus Apostres par le FILS DE DIEV, afin de leur apprandre toutes les veritez. Et certes je ne puis comprandre auec quel front, ou auec quelle consçience ; l'on nourrît la famille de DIEV, d'vn autre pain que de celuy de sa maison.

N'est-ce pas vne honte extré-

me, de faire dire à D I E V ce
qu'il n'a point dit, le faire parler
en prophane : preferer à ſes ado-
rables paroles ſes propres ima-
ginations, ou les penſées des
Ames damnées ? Pour moy je ne
puis aſſez admirer, qu'au lieude
nourrir les Enfans de l'Eglize des
Paroles de la Foy, & de leur reciter le Teſtamant de leur Pere,
l'on face gloire de les entretenir
des doctrines prophanes. Combien s'en treuue-t-il qui ſont plus
verſez dans la lecture d'Ariſtote
& de Ciceron, de Tacite & de
Virgile ; que de Dauid & d'E-
zaye, de S. Luc & de S. Paul ? La
doctrine fait connoître le Maître que l'on ſuît. La plus grande
ignorance qui puiſſe tomber dans
vn Predicateur, c'eſt de ne pas
ſçauoir les Ecritures. Ce ſont elles qui contiennent cete ſçience

Liber ſa-
cerdotaïs.
Ambroſ. l.
3. de fid. c. 7
Doceb. vos
omnem ve-
ritat. Ioan.
16.

Viſionem
cordis ſui
locuntur,
non de ore
Dei.
Ierem. 23.

Enutrit.
verbis Fi-
dei. 1. Ti-
moth. 4.

Non nou.
ſcientiam
ſanctorum.
Prouerb.
30.

Per Philo-
ſoph. &
inanes fal-
lac.
Coloſſ. 2.
Non nouer.
ſcient. ſan-

G iij

Etor. Pro-
uerb.30.&
15.
Cognoscet
de doctrin.
vtrum ex
Deo sit.
Ioan.7.
Erratis
nescien.
Scriptur.
Matth.22
Superemi-
nent.scien-
tia charit.
Ephes.3.
Non offe-
ret. Thi-
mia com-
posit.alt.r.
Exod.30.
Commant
apprandre
l'Ecriture.
Sapienter
dicit homo
tantò ma-
gis vel mi-
nùs, quan-
to inScrip-
turis sanct.
magis mi-

sureminante de la Charité. Et quand on compare le Predicateur à l'Arche-d'Alliance, c'eſt à mon auis par ce qu'il doit enfermer en ſon ſein les tables & le volume de la Loy.

La Predication eſt ce diuin parfum, dont la compoſition doit eſtre toute ſainte & faite ſelon l'ordre que DIEV en a preſcrit. Le ſçauant Tertullien abbrege en vn ſeul mot, tout ce qui ſe peut dire ſur ce ſujet. *Fæcundior vtique diuina Literatura, ad facultatem cuinſcumque materiæ.*

Quiconque donc eſt obligé d'enſeigner l'Ecriture Sainte, doit premieremant *l'apprandre.* Il doit la lire auec aſſiduité, & humilité, auec attantion & reuerance; en vn mot, auec le méme eſprit qn'elle a eſté dictée. Mangez ce Volume dit DIEV à deus celebres Predicateurs , & puis parlez au Peuple. C'eſt à dire qu'il faut faire de ces paroles de la Foy nôtre Sang pour nous ſuſtanter, & nôtre laict pour nourrir les Enfans de l'Eglize. C'eſt nôtre pain quotidien. Si nous nous oublions de les manger tous les jours, nous mourrons bien tôt de faim.

Mais encore qu'on ſoit ſçauant en toutes les parties de ce Sacré Volume, il en faut *choiſir* quelques-vnes que l'on ſçache en perfection pour s'en ſeruir à toutes mains. Le genie de chaque ſiecle, les beſoins de l'Eglize , & l'example de quelque fameus Predicateur ont mis en vogue tantôt vn Liure Canonique, tantôt vn autre. Chacun doit conſulter ſur ce choix l'Eſprit de DIEV, ſon inclination,

nuſ-ve proſecerit. non &c. ſed in ſenſibus in dagandis, &c. Auguſtin. 4. Doctr. Chriſt. c. 5 Comede Volum. & loquere. Ezech. 3. Apoc. 10. Quaſi modo gen. inf. lac concupiſc. 1. Petr. 2

Aruit cor meum quia oblitus ſum comed. pan. meum. Pſ. 101.

Il faut s'attacher à quelques Liures particuliers.

G iiij

& la qualité plus ordinaire de son Auditoire. Il y a cent ans que les Mysteres de Dauid, & les obscuritez de l'Apocalypse, faisoient la matiere la plus commune des Sermons. Il y en a trante que l'on n'entendoit retantir dans les Chaires, que les Amours de Salomon. Nostre Siecle a cete obligation à Monsieur Cospean, d'auoir randu S. Paul le diuin Maitre de la Predication. Selon mon goût Iob est admirable, Dauid est incomparable : Ezaye Euangelique, Ieremie & les autres Prophetes sont pathetiques ; les Prouerbes, & l'Ecclesiastique contiennent toute la Morale ; S. Paul doit estre appris par cœur, & l'Euangile de mot à mot.

Les Commantaires. *Les Commantaires* des derniers Siecles, ne donneront guere de suc au Predicateur. Les sens qu'il

decouurira luy-méme , par fa
propre meditation , à' la faueur
de l'Ecriture Sainte, des Conciles, des Peres, des Sçiences, &
de ce qui fe paffe dans la vie ; por-
teront vn tout autre goût, & fe-
ront des effets merueilleus. Ce
n'eft pas que les Ouurages des
Modernes en cete matiere, ne
foint d'excellans Lieus communs.
Ie loüë & admire le trauail de ces
laborieus Ecriuains. Mais leur
intantion n'a jamais efté d'autorizer l'ignorance , ny de fauori-
zer la pareffe. Comme donc
il eft raifonnable & vtile d'en
lire quelques-vns , l'experiance
auffi fera voir que les plus vieus
& les plus courts ne font pas les
pires. Et par ce que felon S. Ierôme , le fens liberal eft le fondemant de tous les autres ; il eft
neceffaire de s'attacher à quel-

qu'vn, qui explique ainfi l'Ecriture d'vn bout à l'autre.

Le principal en fait de l'Ecriture Sainte, c'eft de la bien lire : apprandre, mediter, digerer; *vnde viuo*, dit S. Auguftin, *inde dico.* C'eft de fon huile qu'il faut donner. Celle qui ne vient que du dehors par achat ou par emprunt, ne fait qu'vne clarté foible & vn feu languiffant.

Ie n'entens pas par cete remarque bannir abfolumant de la Chaire, toutes *les Sçiences* du Siecle. La Sageffe diuine fe méle volontiers auec les penfées pleines d'erudition. Iofeph, Moyze & Daniel eftoient confommez en toutes les Difciplines prophanes. Ifraël s'enrichît des depoüilles de l'Egypte. Salomon batit fon magnifique Temple de materiaus étrangers. Et S. Paul mé-

Serm. de S. Steph.

Date nob. de oleo veftr. Matth. 25.

Le fecours des autres Sçiances.

Eruditis interfum cogitationibus. Prouerb. 12. Erudit.

Eruditus eft Moyf. omni fapient. Ægyptior. &c. Actor. 7.

-me ne fait point de fcrupule de citer les Poëtes. Mais ce dernier ne le fait au, plus que deus ou trois fois : & les matieres pro-phanes employées à la ftructure du Temple, eftoient toutes cou-uertes d'or. DIEV eft affis fur les Cherurbins, comme fi la foy deuoit cacher la Sçience creée. Et le méme Apoftre veût, que toute nôtre fuffifance & toute nôtre capacité vienne de DIEV ; au moins elle doit y conduire, comme tous 'les ruiffeaus vont à la Mer. C'eft ce que le pre-mier Chapitre de l'Ecclefiafti-que appele excellammant, vne Sçiance religieuze ; *Scientiæ reli-giofitas.*

S. ^a Gregoire de Nyffe, S. ^b Ba-file & S. Ierôme foutiennent que l'Eglife a droict, de retirer tou-tes les Sçiances des mains pro-

Act. 17.
Tit. 1.
1. *Cor.* 15.

Dom. oper.
aur. purifj.
& affix.
lamin.
3. *Reg.* 6.

Qui fed.
fup. Che-
rub. 4. *Reg.*
19. *ex Au-*
guft. in Pf.
79. *& 98*

Sufficient.
noftra ex
Deo eft.
2. *Cor.* 3.

Eccl. 1.

a Lib de
vita Mof.
b Oratio
ad Adolefc.
Epift. 84.

phanes, qui les ont vzurpées : &
de s'en feruir auec vn plein pou-
uoir, pour appuyer ou embellir
les veritez qu'elle enfeigne. Elle
s'en fert méme, comme fit Dauid
du cimeterre de Goliath, pour
triompher de fes Ennemis. Ou
encore par vne comparaifon plus
naïue, tout ainfi que les habiles
Teinturiers trampent l'eftoffe
dans de moindres couleurs pour
la difpozer à receuoir la plus excellante de toutes, qui eft la
pourpre : de méme les Sçiances
humaines, font les premieres
couches de la diuine. Il eft neceffaire de fçauoir la Grammaire, la Rhetorique, la Dialecti-
que, la Philofophie. Il eft vtile
de ne pas ignorer la Geometrie,
l'Arithmetique & la Mufique.
Encore qu'à vray dire, ces der-
nieres n'eftant pas des Sçiances

Ecclesiastiques ; c'est assez, d'en auoir vne premiere & legere teinture. Car la vraye Sçiance de la pieté, necessaire au Predicateur, c'est de sçauoir la Loy, d'entandre les Prophetes : de croire à l'Euangile, de ne rien ignorer de la doctrine Apostolique. Tout cela est compris sous la Theologie Scholastique, Positiue, & Morale. Le don méme que D I E V a fait des Langues instituant les Predicateurs, fait voir combien elles sont vtiles. Et le choix que l'on en doit faire, est marqué & consacré par l'Eloge de I. C H R. qui est sur le Chapiteau de la Croix.

Scientia pietat. est scire legem, intelligere Prophetas, &c.

Domin. Deus dedit mihi linguam eruditam. Isa. 50.

Ie veus donc qu'on ait le goût des belles Lettres, qu'on ait couru dans les Sçiances Speculatiues : qu'à la sortie des Colleges, l'on voyage dans tous les Liures & en toutes les Disciplines ; pour

en fçauoir les principes plus vni-
uerfels, les conclufions plus ordinaires: & les plus belles obferua-
tions, qui peuuent ou enrichir
la verité, ou embellir les difcours.
C'eft pour feruir à ce deffein, que
joignant mon petit Symbole auec
les riches trezors des autres, I'ay
fait *l'Extrait* de toutes les Sçiances, en deus Tomes Latins; qui
font abbregez & recueillis en
François, dans le Portrait de la
Sageffe Vniuerfele.

L'vzage de toutes ces Sçiances, c'eft de les foumettre à la Parole de DIEV : & de ne s'en feruir
Les vrayes que pour etofer *les matieres*, qui
matieres de
la Predica- font propres & effantieles à la
tion. Predication. Son feul but eftant
le falut des Ames, l'on ne doit
employer que ce qui eft vtile
pour arriuer à cete fin. Le Peuple
que l'on inftruît, a befoin des

choses qui nourriſſent l'Ame. Il
faut que le Theologal qui monte
en Chaire, enſeigne en general
les diuins Myſteres de la Foy, les
ſolides Veritez de l'Euangile, les
Maximes fondamantales de la
Religion Chrétienne : les Com-
mandemans de D I E V, & de l'E-
glize. Il faut qu'il perſuade en detail la laideur & l'horreur du Vice,
les beautez & l'amour des Vertus. Il faut qu'il particularize ce
qui touche la conduite des Perſonnes, & des Conditions. Qu'il
inſiſte ſur les dangers de perdre
la Grace, ſur les corruptions de
nôtre Nature : ſur le mépris de la
vanité du Monde, ſur la reſiſtan-
ce aus tantations de Satan, ſur la
fuite des Occaſions, ſur les mau-
uaiſes Compagnies, ſur la Difficulté de ſe ſauuer parmy les ri-
cheſſes & les delices : ſur la large

voye qui conduît à la Perdition,
fur le chemin étroit du Paradis;
fur les mizeres & la brieueté de
la Vie, fur la neceffité de la Mort
ineuitable, fur la crainte des Iu-
gemans de D I E V, fur la frayeur
des Tourmans Eternels; fur les
obligations qu'il y a de faire Penitance, fur la frequentation &
le bon vzage des Sacremans.
Mais auant & aprés tout, le fujet
vnique de nos Sermons comme
de nos imitations, doit eftre la
vie & la mort de I. CHR. Le refte eft inutile. Hors de ce qui
edifie la confçiance, tout n'eft
que vanité.

Et fi quelqu'vn en doute, il n'a
qu'à confulter Salomon, qui prenant luy-méme la qualité de Predicateur, en abbrege le portrait
en peu de mots. Eftant tres-fage
, il enfeigne le Peuple, il raconte

ce

; ce qu'il a experimanté : il a com-
; pozé les paraboles les plus my-
; sterieuzes, il a cherché les paro-
; les vtiles, & les discours qui sont
; sortis de sa bouche & de sa plu-
; me, estoient pleins de droiture
; & de verité.

Cumque esse sapientiss. Ecclesiast. doc. popul. qua sin. verba vtil. sermon. rectissim. ac veritate plenos. c. 12 Ecclesi.

SECTION X.

Quelle doit estre la forme de l'Eloquence Chrétienne.

L'Eloquence naît de la sçiance tout ainsi qu' vn ruisseau de sa source. De sorte que S. Bernard a bonne grace d'écrire, que le bien penser & le bien parler, ce sont ces deus precieus talans qui enrichissent la Nature

Dicendi rectè sapere, est principium, & fons. Serm. 41. in Cant. Ex abundant. cord. os loq. Matth. 5:

H

Humaine. La bouche ordinairemant n'a pas de peine à enfanter
ce que l'esprit a conceu. Nos levres expriment aizemant , ce
qu'vne forte meditation a imprimé dans l'esprit.

Neanmoins pour faire cete
belle liaison, *l'Ordre* est absolu-
mant necessaire. Il n'est pas
moins l'ame d'vn Discours, que
du Monde. Sans cete forme , qui
arrange toutes les parties d'vne
Harangue ; la doctrine ne paroî-
troit que comme vn cahos, vne
matiere confuze & vn armée en
deroute. Il arriue méme que sans
cet art la confusion est d'autant
plus grande & embarassante,que
la sçiance est plus profonde &
plus vniuersele. Ce qui est si vray
dans la pratique , que d'entre-
prandre des discours en public
sans le secours de la *Rhetorique* ;

Verbaque præuisam rem non in nita sequē-tur.

L'ordre est la forme, & l'ame de l'Eloquéce

c'eſt vouloir parler ſans langue, ou tracer vn Tableau par hazard ſans aucune idée.

La premiere regle donc pour donner la forme à vn Diſcours & à vn Sermon, c'eſt de ſe faire ſa *Methode* particuliere. Elle doit eſtre conforme à la nature, à la condition, & à l'emploi d'vn chacun. N'en auoir aucune certaine, c'eſt vouloir eſtre toûjours egaré: & ſuiure tantôt l'vne, tantôt l'autre ; c'eſt juſtemant n'acquerir jamais cete ferme habitude, d'où naît la facilité de bien dire.

Ne prandre la façon de prêcher, que ſur la ſeule *Imitation* ; c'eſt & vn eſclauage & vne illuſion, qui trompe vne grande parie méme de ceus qui ſont deſ-ja dans le progrés. Tout ce qui paroît beau, n'eſt pas toûjours bon. L'or le plus faus, eſt celuy

Ilfaut auoir vue Methode.

Qui vbiq. eſt, nuſquã eſt ; &c. Seneca Epiſt. 2.

Imitantiũ ſeruum pec. L'imitatiõ.

H ij

qui a plus de rapport auec le vray.
Ce qui est propre à vn autre, ne
vous reuient peut-estre en aucu-
1. *Reg.* 17. ne façon. Qui doute que les ar-
mes du Roy Saül ne fussent d'vne
tres bonne trampe, toutes do-
Nusquam rées & damasquinées : mais elle
par. fit n'estoient pas propres à vn petit
imitator
autoris, sem Berger, comme Dauid. Apré
per citra tout, il arriue toûjours à ces Singes
veritatem d'autruy ; ce qu'a dit vn grand
est simili-
tudo. Maître de l'Eloquence, que la
Senec. Pat. copie n'egale jamais la perfe-
præm. l. 1. ction de l'original. I'ay veu plu-
Cötrouers.
sieurs beaus Naturels, qui ont fai
nauffrage & qui se sont brize:
contre cet ecueil. La reputatio
publique ou leur propre inclina
tion les randant adorateurs de te
Predicateur, ou de tel Auteur
ils se perdent, ne s'attachant qu'à
cete seruile imitation. Car outre
que ne suiuant leur guide que

d'vn pas tres-foible, ils demeurent à la moitié du chemin : ils effacent ce qui eſtoit de bon en eus-mémes, & ne retiennent d'ordinaire que le pire de leur original.

Le meilleur eſt aprés beaucoup de lecture, de meditation & d'experiances ; de ſe faire *ſa Methode* proportionnée, comme j'ay dit, à ſon genie, à ſa condition, & à ſa fonction. Cete Methode ſera comme vn creus & vn moule, dans lequel vous jetterez aizemant toute ſorte de matieres; pour en faire vne Statuë & vn ourage tel que vous voulez, & que l'on vous demande.

Chscũ doit faire ſa Methode.

L'vn des premiers effets & des plus auantageus de cete forme & de cete Methode, c'eſt qu'elle rand vn Diſcours *clair* comme le Soleil, & auſſi pur que le criſtal

La clarté & la netteté.

H iij

d'vne viue source. Sans mantir
rien n'eſt ſi neceſſaire, que cete
clarté & cete perſpicuité. Il vau-
droit beaucoup mieus ſe taire,
que de parler pour n'eſtre pas entandu. Les Grecs lient ces deus
belles qualitez, par deus mots
qui perdent plus de la moitié de
leur prix dans leur traduction;
Σοφῶς, ϰ Σαφῶς. Et en fait de
Predication, S. Auguſtin vn de
ſes grans Maîtres, aſſeure qu'il y
a méme des fautes heureuzes &
des crimes innocens. Il ſe reſoût
plûtôt de faire des ſolecifmes,
que des enigmes : & il aime beaucoup mieus pecher contre la
Grammaire, que de n'eſtre pas
compris de ceus qui l'ecoutent.
Ce precepte que I. CHR. fait à
ſes Diſciples, de prêcher ſur les
toicts, n'eſt pas que la Predication ſe fît au haut du Temple &

*Malo me
reprehen-
dàt Gram-
matici,
quàm non
intelligant
populi.*

*Predic.
ſup.tecta.
Matth.* 10

des Synagogues, fur des platte-
formes, qui eft l'opinion de S.
Bonauenture : ny qu'il faille toûjours étaler de hauts, & fublimes
Myfteres. Mais ce prouerbe fi-
gnifie la grace & la clarté, auec laquelle le Predicateur fe doit faire
entandre de tout le monde.

Ce n'eft pas que je ne croye,
que *nos plus hauts Myfteres* font
capables de communiquer la lumiere qui les enuironne. Ie fuis
perfuadé il y a long-temps, qu'il
n'y a rien de fi profond & de fi
haut dans la Religion Chrétienne ; qui ne puiffe eftre appliqué
vtilemant, à l'inftruction des
mœurs. Il eft des Sermons comme des nuës, les plus epaiffes
font les plus fecondes. Et les plus
profondes, font les plus propres
pour receuoir ces images du Soleil que l'on appele parhelies.

Les plus hauts Myfteres.

H iiij

L'aigle d'Ezechiel qui d'vn vol hardi, va fur le Liban prandre la moëlle des plus hauts Cedres, eſt le Symbole du Predicateur. Cependant c'eſt icy que cete *Sobrieté* que S. Paul demande en la ſageſſe, doit eſtre particulieremant employée. Et voicy, à mon jugemant, la moderation qu'il y faut apporter.

La hauteſſe de nos *Myſteres* doit eſtre propozée, quand le ſujet le requiert ; afin par leur majeſté & par leur ſublimité, d'en conſeruer la veneration parmy les Peuples. Leur explication doit eſtre reglée par l'intelligence, & par le profit des Auditeurs. Il faut faire en cela comme le FILS DE DIEV. Il monte ſur le Nauire de Pierre, & ſe retire en mer pour précher les Peuples : mais il ne s'ecarte pas ſi fort du riuage, qu'il

Cap. 17.

Sapere ad ſ brietat. Rom. 12.

Commant les traiter.

Pro quali-tate Au-dientium, formari de-bet ſerm. Doctorum. Gregor. M. 2 Part. Paſtor. c. 6 Ieſus ſedeb-ſec. Mar. &c. Matt. 13. *ex Au-guſt. l.* 1. QQ. 9. 2.

n'y puisse estre entandu. Les A-
pôtres ont bien ordre de cingler
en haute mer, *duc in altum* : mais
ils sont commandez à méme
temps de jetter les filets, & de re-
uenir à terre pour la capture des
poissons.

Les Predicateurs ont bien plus
de colombes à nourrir, que d'aigles. Ils doiuent la pâture aus
brebis, aus agneaus, & aus agne-
lets. Ils doiuent faire couler leurs
eaus dans les places publiques,
pour abbreuuer les Hommes &
les Bétes. Dans les Figures de la
Genese, Rebecca & Laban ont
soin méme des Chameaus. Le
modele des Predicateurs, S. Paul
ne se faisoit-il pas tout à tous pour
les gagner & les sauuer tous?

Les matieres puremant *Scholastiques*, doiuent estre ranfer-
mées dans les Ecoles. Si on les

Laxate ret. in captur. Luc. 5

Pasce oues, agnos, agniculos. Ioan. 21.

Bernard. l. 1. Considerat. & Sermo 30. & 58. in Cant. Cap. 24.

Omnib. omnia factus sum, vt omnes facer. saluos? 1. Cor. 9.

Les matieres Scholastiques.

touche, ce ne doit estre qu'en faisant chemin; les suppozant, & en faisant aussi-tôt l'application à la Morale. Pour les *Questions cu-rieuzes* & inutiles, epineuzes & contantieuzes; il y a long-temps, que S. Paul les a bannies de la Chaire. Ie sçay bien que ce grand Apostre disputoit luy-méme dans les Synagogues, & que son Elo-quence se randoit victorieuze par les combats. Ie sçay qu'il en faut quelquefois venir là, dans les ma-tieres & dans les occasions de *Controuerse*. Mais l'experiance m'a aussi appris, que comme l'Ora-teur Chrétien doit sçauoir vein-cre le mansonge, il ne doit pas souuant l'attaquer en public. Et il est certain que rien n'est si effi-cace pour persuader la verité aus Heretiques, qu'vne belle & for-te exposition de la verité méme;

Les Ques-tions cu-rieuzes, & côtantieu-zes.

Stultas quæstion. Languens circa qua-stion. & pugn. ver-bor.&c. 1. Timot. 4 & 6. Eccl. 2.

Disputans & suad.de regno Dei. Actor. 19. Contre les Heretiques auec vn difcours pathetique dans la Morale, & vne vie examplaire.

Pour les *Queftions du temps*, & les Matieres qui ne font point encore decidées; je ne fuis pas feul à m'étonner, que l'on tire ces fecrets de leur Sanctuaire : & que l'on conuertiffe nos Chaires, en champs de bataille. Ce n'eft pas qu'il ne faille hardimant fe declarer, quand il eft temps. Mais jûqu'à ce que le feruice de DIEV le demande, il me famble que c'eft tout dire, de repeter aprés S. Paul, que nous n'adorons point vn DIEV de contantion.

Les Queftions du temps.

Non in cöten. &c. Rom. 13.

Non eft diffention. Deus, fed pacis.1. Cor. 4.

❀❀❀❀❀❀❀❀❀❀❀❀❀❀❀❀❀❀

SECTION XI.

Des defauts particulieres,
qu'il faut euiter dans l'E-
loquence Chrétienne.

A corruption des choses les plus excellantes, estant la pire, celle de la Predication, ne peut estre que tres-dangereuze. Et la méme regle qui forme la perfection de *Bonum ex integra causa, &c.* l'assamblage de toutes les parties, *4. DD.* ne peut souffrir aucun defaut *NN.* dans l'Eloquence Chrétienne. La moindre est vne verruë, qui gâte toute la beauté du vizage. C'est vne tache, qui du moins affoiblît l'eclat de la lumiere. Mon but n'est pas de dresser icy vne *Me-*

thode de prêcher, le faifant ailleurs. Il ne vays donc qu'à crayonner groffieremant, *le vray caractere* de l'Eloquence Chrétienne. Sa perfection, fi l'idée que j'en ay formée ne m'a trompé, ne confifte qu'en *deus poincts.* Le premier, comme je viens de dire, rejette tous les defauts. Le fecond recherche, & reçoit tous les ornemans neceffaires. En l'vn & en l'autre l'on doit confiderer les chofes qui conftituënt la fubftance, & celles qui ne font qu'accefoires.

Charger vn Sermon de *Paffages, & de Citations*; ce n'eft pas faire vn corps, mais vne rapfodie. D I E V ne veût pas que fa Parole, qui eft fon heritage, foit comme vn Oifeau bigarré de diuerfes couleurs. Ces ouurages à la Mozaique bâtis de pieces rapportées,

In Philoci Et dans la II. Partie de la Sageffe Vniuerfele.

Deus poincts de la perfectio n.

Des Citations.

Numquid auis difcolor haeredit. Ierem. 2.

sont plus propres pour les Cabi-
nets, que pour les Chaires ; ou
ce grand amas de parties si differantes, ne fait qu'vn tas & vne cahos de confusion. L'on peut dire
sans offanser, que c'estoit vne ma-
ladie du Siecle passé. Peut-estre
est-ce mal parler, parce que l'E-
rudition que l'on estoit obligé de
faire paroître au commancemant
des erreurs de Luther & de Cal-
uin, ont esté la cause de ce style
rompu & tapissé. La Sçiance sam-
bloit alors plus necessaire, que
l'Eloquence ; parce que nôtre
Religion se preuue plus par le
poids des autoritez, & par cete
nuée des témoins dont parle S.
Paul, que par la subtilité du raisonnemant, ou par les beautez du
discours.

Vouloir au contraire comme
les airaignées produire tout de

Habent.
Imposit.
nub. test.
Hebr. 2.

foy-meme, & ne parler jamais que ſa langue maternele ; c'eſt faire vn affront à l'Ecriture, & aus Peres. Alleguer leurs examples pour excuzer ſa lacheté, ou ſa temerité ; c'eſt ſignaler ſa preſomtion par beaucoup ou d'ignorance, ou d'imprudance. Outre que nous n'auons rien qui approche de ces grans Hommes , qui eſtoient les premiers organes de D I E V & de l'Eglize ; c'eſt tout dire, quand on dit qu'ils ſont nos Peres : & que la plus grande gloire des Enfans, ce ſeroit de parler le langage de leurs Ancétres. Quand méme cete comparaiſon ne ſeroit pas egalemant odieuze & ridicule, comme elle eſt ; ne faut-il pas eſtre aueugle au dernier poinct, pour ne pas remarquer en cet endroit la differance des Hommes & des Siecles?

Ne parler que de ſoy-méme, & ſans citations.

Qui aſſumunt linguas ſuas, & aiunt dicit Dom. Ierem. 23

Pourquoy
les Peres
ont peu ci-
téz
La plû-part de ces anciens &
illuftres Auteurs, eftoient des
originaus. Leurs Ouurages ne fe
pouuoient pas aizemant commu-
niquer, le fecours de l'Imprime-
rie n'eftant point encore en vzage. Defandant la Religion Chrétienne contre les Idolatres, le té-
moignage des autres Chrétiens
eût efté reproché comme eftant
intereffé. Auffi voyons-nous que
lors qu'ils agiffent contre les Gentils, leurs diuins Ecrits font par-
femez d'autoritez & de citations
prophanes. A quoy j'ajoûte,
qu'en ce temps là les Latins fça-
uoient fort peu de Grec: & les
Grecs, ainfi que le confeffe leur
fecond Theologien S. Gregoire
de Nazianze, n'auoient préque
aucune connoiffance de la Lan-
Orat. 21.
gue Latine qu'il appeloient pau-
vre & fterile. D'ailleurs tous les
Peuples

Peuples n'entandoient que celle
de ces deus Langues, qui auoit
vogue dans le pays d'vn chacun.
Mais aprés tout, leurs Ouurages
eſtant tous tiſſus du ſens & des
paſſages de l'Ecriture; ils ne laiſ-
ſent pas dans les Siecles plus
auancez, d'y en chaſſer les autoritez de ceus qui les auoient de-
uancez; ou qui leurs eſtoient
contemporains; ſe plaignant au
reſte aſſez ſouuant de ce que la
difficulté de l'Ecriture à la main,
leur ôtoit la connoiſſance, & la
communication de leurs tra-
uaus.

L'vzage des Sermons *Emprun-* Contre les Sermons derobez.
tez, copiez, frippez, ou pillez
dans les Lieus Communs, ne
peut eſtre que tres-prejudiciable.
Encore que les Proprietaires n'en
ſoient pas fachez, & que le Public en ſoit gratifié; c'eſt toûjours

I

vn efpece de larcin honteus , &
criminel. Si ce qui eft derobé ne
doit point eftre porté fur l'Autel,
il ne doit non plus entrer dans la
Chaire ; autremant c'eft vouloir
randre DIEV complice du vol
que l'on a fait, & que l'on emploie à fon feruice. Vous ne pouuez nier que de debiter ainfi hardimant les Pieces d'autruy, ne
vous faffe enfin perdre tout vôtre
credit. Par cete honteuze man-
dicité , vous publiez vôtre indi-
geance : & vous fiant au trauail
des autres, vous vous acoûtumez
peu à peu à ne rien faire de vous-
méme.

Il y a encore de l'effronterie en
ce larcin , puîque contre fa nature vous-méme vous le randez
public. La nature fe fent offanfée
en cete conduite, n'ayant jamais
la méme grace ny la méme vi-

*Furti fpe-
cies eft de
alieno lar-
giri. L. fil.
ff. de dolo
malo.*

*In partem
vocat ipfe
Iouem.*

*Ne com-
pulfus
egeft.furer.
Prouerb.
30.*

gueur pour enfanter ce qu'elle n'a pas conçeu. Et le sage Auditeur juge bien-tôt auec Salomon, 3. *Reg. 3.* que l'enfant que vous dites vous appartenir n'est que derobé.

Si vous n'estes pas assez hardi, ou si vous estes trop glorieus pour vous approprier les Discours entiers ; *le deguizemant* que vous tâchez d'y apporter , vous jette Contre les Sermons radoublez. dans les mémes inconueniens. L'on vous reconnoît incontinant pour vn Frippier , & vos Sermons ne passeront bien tôt que pour des quinqualleries de hale & de bale. Au lieu d'vn corps bien fait, toutes ces pieces rapportées ne font que des monstres. Il vous arriue comme à cete corneille, qui n'estoit parée que des plumes des autres oizeaus. Et ne vous persuadez pas que cet abus soit de si petite consequance, qu'outre le tort que cela vous fait ; il n'oblige D I E V de s'en fentir, & des'en pleindre. *Ecce ego ad Prophetas, ait Dominus; qui furantur verba mea, vnuſquiſque à proximo ſuo.*

Il faut donc boire premieremant de l'eau de nôtre puy, pour repandre puis aprés au dehors les ruiſſeaus de cete ſource qui eſt à nous. Ie veus dire qu'en fait de Sermons, l'Inuantion doit eſtre de nôtre induſtrie & de nôtre meditation, la ſtructure de nôtre trauail & de nôtre raiſonnemant: le fonds de l'Ecriture, les enrichiſſemans des Peres & des bons Auteurs. Les citations doiuent eſtre rares, courtes & choizies ; portant ou nouueauté, ou ſingularité: ou pointe, ou conception. Les Sacrées doiuent eſtre enchaſſées, comme des perles & les dia-

Trauailler de ſoy-méme.
Bibe aq. de ciſternâ tuâ, &c.
*Prouerb.*5.

mans. Les prophanes , ne doi-
uent eftre quafi qu'indiquées. *Inept. &*
aniles fa-
Mais c'eft foüiller fa langue, que *bul. denita.*
de l'employer au recit des fables *1. Timot. 4*
In vno
& des Hiftoires Payennes. Vne *fe ore cum*
méme bouche ne doit pas feruir *Iouis lau-*
dibus Chri-
à Iupiter & à I. C H R. ny vn mé- *fti laudes*
me Autel porter l'Arche d'Allian- *nõ capiunt.*
ce & l'Idole de Dagon. *Gregor.*
M. L. 9.
Puîque l'office du Predicateur *Epift. 48*
c'eft de loüer D I E V dans vn *In populo*
Peuple graue, le ftyle ne doit pas *graui lau-*
dabo tc.
eftre badin. Faire du *Railleur en* *Pf. 34.*
Chaire, c'eft deshonorer fon mi- Contre les
Railleurs
niftere & fe moquer de la fainte- en Chaire.
té des Myfteres que nous ado-
rons. Nôtre Siecle a grand fujet
de remercier la prouidance diuine , qui famble auoir chaffé de
nos Temples *trois Monftres* ; qui Trois abus
auoient efté engendrez par l'i-
gnorance , & par la licence de
l'âge precedant. La Sçience pro-

I iij

phane, a esté banie par vne bonne Theologie Morale & Positiue : la Raillerie, par la majesté &
la sainteté de la Parole de D i e v ;
& la barbarie, par vne pure & sincere Eloquence.

En effet peut-on s'imaginer
vne chose plus insupportable ,
que de voir vn Ambassadeur de
D i e v faire du Farseur : & vn Le-
gat de I. C h r. contrefaire le
bouffon ? I'oze dire que c'est aus
termes de S. Paul , rouurir les
playes & reïterer les souffrances
de la Passion de I. C h r. C'est le
produire derechef pour s'en moquer , le montrant au Peuple a-
uec Pilate : & le traitter de ridicule, comme fit Herodes. C'est
donner le demanti à toute la vie,
que cet adorable F i l s d e D i e v
a menée parmy les Hommes. Iamais on ne la veu rire, quoy qu'il

Ille est Do-
ctor Eccle-
siasticus,
qui lachry-
mas, non
risum mo-
net , &c.
Hieron. in
ill. Isa.
Popule
m. qui te
beat. &c.
Rurs. cru-
cifig. sibim.
fil. Dei, &
ostentui
habent.
Hebr. 6.

ait pleuré plus d'vne fois ; & vous
l'introduiſez, faiſant le rieur dans
ſon trône le plus auguſte. Si l'A-
pôtre incomparable ne peut ſouffrir dans la conuerſation ordinaire des Chrétiens , & dans leurs
honnétes recreations les paroles
tant ſoit peu equiuoques : les ba-
uarderies, & les railleries impertinantes ; les Prelats de l'Egliſe
deuroient-ils permettre que l'on
faſſe de la Chaire de verité, vne
mommerie & vne comedie ? Il n'y
a point de plaiſanteries qui ne
ſoient & impertinantes, & crimineles dans ce Sanctuaire. C'eſt
decrediter la majeſté de nos
Myſteres. C'eſt abuzer de la pa-
tiance des Peuples , & ſcandali-
zer la ſimplicité des Fideles. Ils
vont écouter le Predicateur, afin
de connoître leurs pechez:afin de
trambler ſous les jugemans de

*Nec nomi
ner. in vob
ſic. dec.
ſanct. tur-
pitudo, aut
ſtulti loq.
aut ſcurri-
litas , quæ
ad rem. non
pertin.
Epheſ. 5.*

D I E V, d'eſtre touchez des ſentimans d'vne amere componction,
d'eſtre excitez à vne ſerieuze penitance ; le fruict de tout cela ,
c'eſt qu'ils ſont forcez de rire , au
lieu qu'ils deuroient pleurer.
Sans doute ſi les Bateleurs ſont
declarez infames, il n'eſt rien ſi
indigne d'vn Predicateur du
Saint-Euangile que de faire leur
métier.

Ie n'ignore pas que le méme
S. Paul recommande , que nos
diſcours ſoient aſſaiſonnez de
ſel. Mais outre qu'il ne parle en
cet endroit que des entretiens
de chambre , dont la liberté ne
paſſe jamais dans la Chaire ; il
ajoûte que ce doit eſtre vn ſel
de grace , *sermo veſter ſemper in*
gratiâ ſale ſit conditus. Et ce ſel
marque plu-tôt la retenuë , la
Coloſſ. 4. modeſtie & la diſcretion qui doit

accompagner toutes nos repon_
ses ; *vt sciatis quomodo oporteat vos
vnicuique respondere.*

L'excuze que quelques-vns
vont cherchant dans le diuertif_
femant des Auditeurs , n'eft qu'-
vne fauffe couleur. Les bonnes
chofes bien dites, font toûjours
belles : les bonnes fe font toûjours aimer , & les belles n'en-
nuyent jamais. Tout le *Sel* qui
doit & qui peut affaifonner vn
Sermon , c'eft vn texte bien
choifi, vne riche matiere, vne
belle diftribution : des penfées
bien digerées, des paroles bien
propres , des remarques bien à
propos: des feus, des brillans &
des pointes qui naiffent de vôtre
fujet. Quiconque paffe iûqu'à la
Raillerie, outre l'offanfe de DIEV
& le fcandale de l'Eglize ; merite pour châtimant , l'opinion

Ce qui peut randre vn Sermon agreable.

que l'on a de luy. Et il deuroit fe
fouuenir de ce Poëte prophane,
que D I E V randit fol & infan-
fé ; par ce qu'il auoit eu l'outre-
cuidance, de méler dans les Comedies des paffages de l'Ecriture
Sainte. Ie vous laiffe à penfer fi le
crime eft moindre, de méler les
bouffonneries de la farfe parmy
la Sainteté de la Parole de
D I E V.

Cete horrible & denaturée
prophanation, n'eft-elle pas vn
dernier Sacrilege ? Et n'eft-ce
pas vn double outrage à I. Chr.
d'eftre joüé, moqué & raillé ;
par ceus-là méme qui fe difent
fes Domeftiques, fes Confidans
& fes Amis ? Le Predicateur donc
à qui la nature a donné vne humeur enjoüée & railleuze, eft
obligé en confçiance ou de fe
corriger, ou de fe bannir luy-

méme d'vn emploi fi augufte &
fi Saint. Mais ceus qui ayant vn
naturel trop bon & trop honnéte
pour eftre bouffon , fe contrai-
guent par je ne fçay quelle fin-
gerie de faire ce mauuais per-
fonnage ; s'écartent infinimant,
du grand chemin de la Predication. Ces matieres importantes
nous ayant vn peu arrétez, fans
nous egarer ; paffons aus qualitez
du ftyle, qui fert d'ornemant &
de parure à l'Eloquance Chrétienne.

SECTION XII.

De l'Elocution, & du style de l'Eloquence Chrétienne.

A beauté d'vne Pre-
dication, naît enfin
de la beauté de l'E-
locution. Les paroles
bien arondies, font ces plumes
argentées, qui couurent le Corps
de la Colombe qui eſt de fin or.
Ce font, au-méme ſtyle, ces
pommettes d'or ſur des colom-
nes d'argent, qui font la couche
royale du vray Salomon. C'eſt vn
argent raffiné jûqu'à ſept fois.
C'eſt le rayon de miel auec ſon
gâteau. C'eſt cete bonne grace,
qui coule des levres de I. Chr.

Penna col.
de argent.
Pſ. 67.
Mala au-
rea in lect.
argent.
Prouerb.
25.
Eloq.
Dom. ar-
gent. pur-

dans celles de ſes Truchemans. Ce ſont dans l'interpretation de Theodoret, ces dents plus blanches que la neige & le laiçt. Ce ſont ces rubans de pourpre autour des levres, d'où naiſſent des paroles auſſi douces que le ſucre & auſſi brillantes que le Soleil. Mais la folie en cet endroit, eſt d'aller à l'extremité. Tout excés fait vn vice, & manger trop de douceurs eſt ſe faire malade; en vn mot trop de beautez dans l'Eloquance Chrétienne, la corrompent.

Le LANGAGE qui reſſent trop l'étude & la contantion, n'eſt d'aucun profit. Le *Fardé* & l'affeté deshonore & enerue l'Euangile. De ſorte que c'eſt vn juſte ſentimant, de croire qu'il peut y auoir du peché, de frelater & adulterer ainſi la Parole de

gat.probat.
ſeptuʒ l.
Pſ. 18.
Fau. cum
melle.
Cant. 5.
Diffuſa eſt
grat. in labiis tuis.
Pſ. 44.
Dentes ei.
candidior.
Geneſ. 49
Quæſt.109
in Geneſ.
Sicut vitta
coccin. lab.
tua & eloq. tuum
dulce.
Cant. 4.
De melle
cœli melleas, & de
lumine tuo
luminoſas.
Auguſt.9.
Conf. 3.
Mel inueniſti, &c.
Prouerb.
25.

DIEV. Le Docte Caïetan en à fait autrefois vn peché mortel. Le Medecin qui ne feroit que dizert, ennuie enfin le Malade, au lieu de le guerir. On méprize bien tôt vn homme, qui faifant fon principal de l'acceffoire, paroît plus curieus de bien parler, que de fe bien expliquer, ou de profiter. Et à la fin on fe degoûte de ces Pieces acheuées au tour, qui comme vne chanfon ne laif-fent que cefentimant, *cet Homme a bien dit.* Ces Polis peuuent bien dire tout au contraire de l'Apô-tre, que leur entrée dans la Chai-re & tout leur grand trauail n'eft que vanité.

Ce n'eft pas qu'il faille fe ran-dre *Barbare*, pour bien précher. I. CHR. charmoit & rauiffoit les cœurs par fes difcours. Le méme texte du Sacré Epithalame qui

Contre le Langage Fardé.

In 3. p. q. 62. art. 6.

Non dele-Etet verba, fed pre-mant.

Introït. m. non fuit inanis, &c. 1. Teffal. 2.

Qu'il faut bien parler.

Sermo tuus pulcher. Cant. 4. ex lxx.

donne de la fuauité à ces paroles,
leur donne auffi de la beauté.
Nephtali comparé à vn Cerf, & *Nephtali*
à qui fon pere Iacob promet vne *ceruus*
Eloquance pleine de charmes & *emiſſus,*
d'agremans ; eſt vne Figure du *dans elo-*
quia pul-
Verbe Incarné, & de tous les Pre- *chritudinis*
dicateurs. De forte que quand S. *Geneſ. 49*
Paul rauale & abbaiſſe le prix de *Non in*
fon Eloquance, c'eſt vn fenti- *perſuaſi-*
bil. human.
mant d'humilité, & vn fecret de *ſapient.*
l'Eloquance méme. Ou il ne par- *verb.*
loit que de la Langue Greque, *1. Cor. 2.*
dont il ne ſçauoit pas fi bien les *Imperitus*
ſermone.
perfections que de celle des He- *2. Cor. 11.*
breus. Ou par là il n'exclût preci- *ex Hieron.*
Epiſt. ad
zemant, que cet art de parler, qui *Agla.*
emprunte toute ſa force & toutes *quæſt. 2.*
ſes beautez de la Sageſſe propha-
ne, & de l'induſtrie hnmaine. L'E-
loquence de S. Paul venant de la
Sageſſe de D i e v, comme de ſa
fource, eſtoit acheuée en toutes

manieres. Elle eſtoit ſi copieuze
& ſi abondante, que les Orateurs
& les Philoſophes de la Ville d'A-
thenes, qui eſtoit alors le grand
Theatre de la Sçiance & de l'E-
loquance, l'appeloient *ſemeur de
paroles.* Les effets en eſtoient ſi

*Σπρεμολό-
γος.
Actor. 17* rares & ſi extraordinaires, qu'outre les heureus ſuccés que S. Paul

Act. 14. eut dans l'Areopage; les Peuples
de Lycaonie aprés l'auoir entan-
du, luy voulurent ſacrifier le prenant pour le Dieu Mercure. Méme comme on ne lît préque point
de ſes miracles, on peut bien ſoû-
tenir que la conuerſion des Gentils eſt vn effet de ſa diuine Rhetorique.

    L'on a dit il-y-a long temps

*Gratior eſt
pulchro
veniens in
corpore
virtus.* à ce méme propos, que la vertu
a de plus puiſſans appas dans vn
beau corps : & que le diamant
augmante ſon prix, quand il eſt
enchaſſé

enchaffé en vn cercle d'or. De
méme les bonnes chofes ont plus
de poids, quand elles font bien
dites. L'Eloquance fans la doctrine peut delecter, la doctrine
fans l'Eloquance peut profiter.
Mais le dernier periode de la perfection, c'eft de faire vn dous
mélange de l'agreable & du profitable.

Le Style *decouppé*, & comme
tout heriffé de pointes; eft plus
propre pour les Epigrammes,
que pour l'edification d'vn Peuple. Au contraire le *trop diffus* dif-
fipe trop l'attantion, & fait perdre le fens & la fuite. Ny l'vn ny
l'autre ne fouffrent pas ces frequantes repetitions, qui font neceffaires pour inculquer ce que
le Predicateur dit à vn Peuple
groffier: & en des matieres tres-
fubtiles, & tres-fublimes, eftant

*Qui elo-
quêter di-
cunt, fuati-
ter: qui fa-
pienter, fa-
lubriter e-
tiam audi-
untur.
Auguft l.
4. Doct.
Chrift.c.5.
Omne tu-
lit pũ ctũ,
qui mif-
cuit vtile
dulci.*

Le ftyle
trop court.

Le trop
diffus.

K

toutes furnatureles. Cependant le
nóbre des fimples, que l'Ecriture
appele petits, fait la plus grande
partie. Et le Predicateur eft enuoyé particulieremant pour l'inftruction de ces Petits, à l'example du Meffie. Ce qui a donné
fujet au Moral S. Gregoire, de
remarquer auec le diuin Philofo-
phe Iob, que la Predication doit
eftre moins famblable à vn torrant impetueus, qu'à vne douce
pluye, qui tombe goutte à goutte ; *Stillabit fuper vos eloquium
meum.* A quoy peut eftre ajoûtée
l'autre comparaifon de l'Euangile, qui feme la Parole de
D I E V auec difcretion & par mezure.

La Brieueté eft recommanda-
ble, mais c'eft dans le tout de la
Predication. Elle ne doit préque
jamais paffer cete heure, au fujet

*Doctor
paruuloru̅.
Ifa. 33
lib. 20.
Moral.c.1*

Cap. 30.

*Sparfo
verbi femi-
ne.*

La Brieue-
té.

de laquelle on detourne cé texte
de l'Euangile ; *dabitur in illâ horâ,* *Marc.9.*
vobis quid loquamini. Encore que la
lettre ait vn tout autre sens, S. Cy- *Catechef.*
rille de Ieruzalem n'a pas laissé de 13.
dóner cete mezure à ses Discours
Cathechetiques. L'oreille, dit le
grand Maître de la Rhetorique,
est vn sens fort sujet à s'ennuyer :
les larmes sont fort aizées à desse-
cher, & les plus grans mouuemans sont accompagnez d'vne
moindre durée. C'est méme vn
Secret de l'Art, de ne jamais é- Les mou-
puizer ses derniers efforts. Par ce nemás trop
que l'Esprit de l'Auditeur jalous violans.
de sa liberté, se cabre & tient
ferme contre la violance de ces
grans mouuemans.

  La qualité donc de *l'Elocution,*
doit estre prise de la fin de l'Eloquance Chrétienne. La nôtre à
cela de commun auec la Seculie-

re, qu'elle doit delecter, inſtruire & exciter. Mais cecy luy eſt particulier, que le plaizir eſtant ce qu'elle cherche le moins ; elle doit encore plus enflammer le cœur, qu'éclairer l'eſprit. Le Style floride & poli delecte, le net & le ſubtil enſeigne, le fort & le vehemant excite. Le premier eſt dangereus, par ce qu'il delecte trop : le troiziéme degoûte & laſſe, par ce qu'il eſt violant. Celuy du milieu, eſt de meilleur vzage. Le mélange judicieus de tous les trois ſelon les Perſonnes & les matieres, forme le Style tel qu'il faut.

S'il eſt *trop contraint & etudié*, il n'eſt pas propre pour reüſſir. Il violante trop la memoire de l'Orateur, & des Auditeurs. Les grandes preparations qu'il demande, ſont cauze que l'on man-

(marginal notes:)

Trois divers ſtyles.

Prout oportet. loqui Epheſ. 6.

Inconueniaus du ſtyle trop etudié,

que à de grandes & importantes
occasions, qui ne permettent pas
tant de loizir. Et nous n'en auons
que trop veu en nos jours , qui
s'estant vne fois egarez dans ces
labyrinthes de paroles artificieu-
zes, ne pouuoient plus reprandre
le droit chemin ? Il y a de la perte
d'ôter à de riches Naturels, tel
qu'estoit ce Cassius Seuerus, dont
parle Seneque le Pere ; les belles
saillies & les heureuzes produ- *Proem. lib.*
ctions qui se font quelquefois sur *3. Contro-*
le champ. Car c'est alors que la *uert.*
Nature & l'Art emploient leurs
derniers efforts, quand ils se treu-
uent surpris, & qu'il faut joüer,
si j'oze ainsi parler, de son reste.
Il est encore plus dangereus, de
donner des bornes si étroites, à
la vaste & infinie étanduë de l'Esprit de D I E V. Sa parole est vne
Reine, qui ne doit pas estre char-

gée de chaînes. Et nos paroles
qui ne font que les feruantes, ne
doiuent pas prandre l'afcendant
au deffus des maîtreffes, qui font
les penfées de l'Efprit humain, &
les infpirations du Diuin.

Genef. 16.
& Gala. 4

l'ay autrefois apris du premier
& plus grand Maître de l'Eloquence Chrétienne que nôtre
Siecle ait produit, vn rare fecret
en cete matiere. Il faut, difoit
Monfeigneur *l'Eueque de Lizieux*
Philippes Cofpean, ne ceder à
perfonne dans la bonté du langage. Mais il faut à même temps
declarer par des proteftations fo-
lamneles, qu'on n'en fait pas
grand conte; par ce qu'on vife
bien plus aus chofes qu'aus paroles, & à toucher les cœurs qu'à
flatter les oreilles.

Ce digne Predicateur, à qui je
dois après D i e v, ma vocation en

ce Ministere, m'a donné sujet par cete maxime, de faire deus autres reflexions. Depuis j'en ay treuué l'vne en Aristote, & l'autre en Ciceron ; deus grans Ouuriers, celuy-la de la Theorie, & celuy-cy de la Pratique. La premiere enseigne, qu'auant tout il se faut étudier à *parler naturelemant.* C'est à dire qu'il faut que l'Elocution paroisse estre toute naturele à l'Orateur, aus matieres qu'il traite, & à la capacité de ses Auditeurs ; comme si la verité, la nature, & les choses parloient elles-mémes. A quoy l'autre maxime ajoûte, qu'il faut telemant s'eloigner du fard & du tour, de l'artifice & du figuré ; qu'il paroisse méme vne certaine *negligence*, *mais diligente* toutefois : & laquelle j'ay admirée il y a trante ans, dans le fameus R. P. Deslandes qui

L. 3. Rhetor. c. 2.

Parler naturelemât.

Et auecvne negligence diligente.

depuis eſt mort Euéque de Tregner.

❧❧❧❧❧❧❧❧❧❧❧❧❧❧

SECTION XIII.

Que le caractere de la Predication, luy eſt tout particulier.

E ne pretans pas par ces raiſons & par ces autoritez , tomber dans l'extremité de quelques-vns de nôtre temps , qui ne veulent pas que la Predication porte d'autres caracteres que la *Conuerſation*. Il y a grande differance entre la Chaire , & la Chambre. En celle-cy le diſcours peut eſtre agreable & inſtructif , en l'autre il doit

La Predication doit eſt diſtinguée de la Conueſation.

plus emouuoir & rauir. Il ne faut
pas confondre l'Entretien particulier, la Conferance domesti-
que, le Catechilme inftructif, &
les Sermons publics. Chaque
chofe à fon temps, fes matieres,
& fa maniere. LE FILS DE
DIEV luy-méme obferuoit ces
quatre diftinctions. La façon
dont il entretient les deus fœurs
Marthe & Marie, eft toute differante des Paraboles dont il fe fer-
uoit pour inftruire les Peuples.
L'admirable Difcours de la Mon-
tagne & les promeffes celeftes de
l'Euchariftié, montrent bien qu'il
s'éleuoit quelquesfois par deffus
la portée du Vulgaire. Et cet
amoureus Sermon de la Cene,
fait affez reconnoître qu'il parloit lors à fes Apôtres. Ie lçay
bien qu'il fe treuue quelques *Sa-*
ges Mondains, qui fe declarent

Omni ne-
go io tem-
pus eft.
Eccl. 8.
Luc. 10.

Sine parc-
bolis non
loqueb.
Matth. 24
Matth. 5.

Ioan. 6.

Id. 17.

ennemis des Sermons panegyriques, d'autres des parethiques; s'imaginant qu'il ne faudroit dans les Chaires que de Catechismes, ou des Entretiens familiers. Mais je sçay bien aussi, l'ayant assez experimanté; que si on y prand garde de plus prés l'on reconnoistra qu'en cete matiere, comme préque par tout ailleurs, chacun flatte son humeur, & se laisse entraîner aus prejugez de son inclination particuliere. D'ordinaire les Hommes n'appreuuent, que les choses dont ils sont capables; & condamnent toutes les perfections, ausquelles ils ne peuuent arriuer; par faute de naturel, d'étude, de courage, ou de benediction diuine.

C'est vn autre erreur, qui toutefois ne se treuue point parmy les Personnes entanduës, de ne pas distinguer l'Elocution de la

Chaire, d'auec celle de la plume
& de *la composition.* Il est bien
vray que le corps du style, doit
toûjours estre samblable à soy-
méme. Et comme le vizage, la
voix, & la main ont toûjours je
ne sçay quoy de fort distinguant;
de méme l'on ne manque jamais
de reconnoître le caractere d'vn
grand Homme & quand il parle,
& quand il écrit. Ce n'est pas à
dire toutefois qu'il doiue écrire,
comme il parle. La composition
est plus reserrée, plus precise &
plus châtiée. La Predication n'e-
stant pas si exacte, ny si contrainte, se donne beaucoup plus
d'étanduë & de liberté dans les
grandes Figures, & dans les mouuemans pathetiques.

 De tous ces veritables principes, l'on peut recueillir; que le
meilleur *Langage* de l'Eloquence

La compo-
sition est
differante
de la Predi-
cation.

Chrétienne, c'est le plus pur & le
plus naturel; tout ainsi que l'eau
qui n'a point de goût, est la plus
saine. Afin de releuer la beauté
d'vn excellant tableau, il est de
l'habileté du Peintre d'y méler
des couleurs & des ombrages.
Vouloir que tout soit beau dans
vn Discours, c'est vouloir que
tout y soit laid. Argus tout couuert d'yeus, qui sont les plus belles beautez du visage, n'estoit
pas vn corps, mais vn monstre.
De sorte que tout mon raisonnemant est abbregé & ranfermé
dans cete conclusion.

L'Eloquence Chretienne est vne
auguste Princesse, qui ne doit
estre vétuë ny en Gueuze, ny en
Courtizane. C'est l'Epouze de
I. Chr. Elle doit estre parée
comme son diuin Epous estoit
habillé, & tous ses atours doiuent

estre samblables à la conuersation du FILS DE DIEV. Il estoit
dans vne façon moderée, pleine
de grauité & de douceur, de
beauté & de modestie. Puis donc
que le Predicateur represente la
vie de IESVS, il doit parler comme il a vécu.

Suiuant ces Maximes, *l'Ora-*
teur Chretien doit inuanter subti-
lemant, distribuer judicieuze-
mant: propozer clairemant, expliquer nettemant, preuuer for-
temant; appliquer vtilemant,
conclure puissammant. Le dessein de chaque *Sermon* doit estre
rare, la structure ingenieuze &
judicieuze : les termes bons &
choizis, sans enflure & sans fast,
sans affeterie & sans bassesse, le
style ferme & rond ; tout le corps
du Discours graue & serieus,
l'embon-poinct fort & vigou-

L'abregé
de ce que
doit faire
l'Orateur
Chrétien.

Des quali-
tez du Ser-
mon.

reus, les couleurs belles & natu-
reles ; la clarté & l'inſtruction,
doiuent regner par tout. L'ele-
gance, dit S. Ambroiſe, ne doit
pas eſtre recherchée, mais elle
doit y eſtre comme née.

*Non affe-
ctata ele-
gantia, ſed
non inter-
miſſa.* I.
*offic.*22.

Afin de ſe ſtyler dans cete idée
de la belle & de la bonne Eloquence, il eſt vtile de mettre la
main à la plume pour *compozer* ſes
Sermons. Mais auec cete diſtin-
ction remarquable. Dans la vi-
gueur de l'âge, il faut compozer
toutes ſes Pieces auec ſoin & étude. Il faut méme au commancemant les *apprandre* par cœur, &
tâcher de les reciter de mot à
mot. Ce qui n'empéche pas
qu'on ne doiue auſſi de bonne
heure ſe mettre en liberté, & eſ-
ſayer ce que l'on peut ; s'abandonnant à ſa meditation, & à l'in-
ſpiration. A quoy ne ſert pas peu

De la Com
poſition.

La Memoi-
re.

de s'exercer dés le commancemant, à inſtruire le Peuple de *la*
Campagne. Auec tous les autres
auantages l'on y trouue principalemant la liberté , pourueu
qu'on luy donne ſes juſtes bornes ; & le detail de la Moralité,
pourueu qu'on la ſçache diſtinguer puis aprés,

    Si on eſt nay pour le haut air ,
il eſt infinimant vtile de joindre à
la meditation, l'étude de la THEO-
LOGIE MYSTIQVE , & la le-
cture de tous *les Liures les plus*
ſpirituels. On y treuue des inuan-
tions rares , des diſtributions ſub-
tiles : des conceptions inouyes ,
des applications de l'Ecriture ſin-
gulieres ; & vne onction, qui n'eſt
point par tout ailleurs. Pour la
pratique, il n'y a rien de ſi auantageus que de s'accoûtumer à faire
des *Exhortations* frequantes par-

Prêcher à
la campa-
gne.

La Theo-
logie My-
ſtique.

Exhorta-
tions ſpiri-
tueles.

my les Perſonnes Religieuzes,
Deuotes & Spiritueles.

Dans l'âge auancé, lors qu'on
eſt établi en quelque degré de
perfection ; l'on doit agir auec
vne liberté, incomparablemant
plus grande. C'eſt aſſez aprés a-
uoir bien medité ce que l'on veût
dire, d'en marquer ſur le papier,
ce qui méme ſe fait mieus en
Latin, l'ordre & le rampliſſemant
des Parties. Cete œconomie bien
arrangée, fauorize beaucoup la
memoire. Il eſt bon à méme
temps d'en compozer en François, & d'en apprandre auec exa-
ctitude les endroits les plus con-
ſiderables. Mais il eſt tres-auan-
tageus aprés que l'on a préché
vn Sermon vne ou pluſieurs fois,
d'en acheuer la compoſition a-
uec toute la perfection que l'on
pourra ; par ce que dans la remarque

marque méme de Ciceron, & le grand Maître du bien dire. Il eſt vray toutefois qu'il y a toûjours vne differance notable entre la Predication prononcée en chaire, & limée dans le cabinet. Celle-la a moins d'étanduë, plus de feu & de ſaillies : celle-cy s'allonge ſous la main, & retranchant beaucoup de repetitions, d'applications particulieres & de vehemance, reçoit auſſi d'autres ornemans, qui ont plus de grace ſous les yeus que dans les oreilles.

 Voila, ce me ſamble, toutes les Pieces dont le concours & l'aſſamblage forme le Portrait de la vrayè ELOQVENCE CHRE-TIENNE. Sa *Fin* c'eſt la gloire de DIEV, l'honneur de I. CHR. le bien de l'Eglize, & le ſalut des Ames. Son Ouurier c'eſt *le Predi-*

Stylus optimus dicendi magiſter.

Abregé de tout ce qui compoze l'Eloquéce Chrétienne

La Fin

L

Le Predica-
teur.

cateur appelé de D I E V , enuoyé
par les Superieurs : fauorizé des
dons de Nature, cultiué par l'é-
tude , acheué par la grace. Sa

La Matiere

Matiere ce font toutes les Veritez fpeculatiues & pratiques , qui
comprennent tout ce qu'vn
Chrétien doit croire & tout ce
qu'il doit faire pour eftre fauué.
Ces Veritez doiuent eftre ap-
puyées fur l'Ecriture Sainte , ex-
pliquées par les Conciles & par
les Peres : fortifiées par le raifon-
nemant clair & net de toutes les
Sçiances , enrichies d'Examples
rares , de Citations exquizes &

La Forme

choizies. *Sa Forme* c'eft la Methode, qui arrange tout cela auec
juftefle, dans vn corps bien pro-
portionné & qui n'ait rien d'irre-

La Qualité

gulier. *Sa Qualite* c'eft l'Elocution enchaffée dans vn ftyle plein
& folide, mâle & genereus : clair

& net, dous & ferme ; en vn mot,
naturel ſans affectation & ſans
contrainte. Les *Figures* & les
mouuemans, ſont comme l'ame &
l'eſprit de tout l'Ouurage. Le La Memoire.
Sermon ainſi acheué, eſtant *appris*
ſelon le beſoin d'vn chacun ; ſe La Pronon-
ciation.
doit *prononcer* auec vne action reglée, noble, vigoureuze, ajuſtée
à ce que l'on dit : & proportionnée à la Perſonne tant du Predicateur, que des Auditeurs.

SECTION XIV.

Exhortation aus Orateurs Chrétiens, Predicateurs du saint Euangile.

Prés auoir traitté som-
mairemant de l'Elo-
quence Chrétienne,
il ne me reste sinon
de mettre pour clô-
ture, la priere du Maître des Predicateurs S. Paul; *que cete Parole*
de D I E V *coure, & répande par*
tout ses rayons & ses clartez. Les
plus aueugles voient assez le besoin qu'il y en a. La moisson est
grande par tout, & demande des
Ouuriers. Il y en a beaucoup en
quantité, mais peu en qualité.

De cæt.
fratr. orat.
pro nob. vt
sermo Dei
sur. & cla-
risi. &c.
2. Tessal.3

Ces grandes portes que les nou-
ueaus Mondes ouurent à l'Euangile, nous montrent vn nombre
infini d'Ames, que la Sageſſe appele non ſecouruës.

Sans ſortir de France, combien ſe treuue-t-il de Devoyez
du droit chemin, & hors du ſein
de l'Eglize, ſans que perſonne les
recherche ? Parmy les Catholi-
ques, combien de ſimple Peuple
à la Campagne demande du pain,
ſans que perſonne leur en rompe ?
C'eſt là propremant que l'on a
beſoin non pas de laict, ny de
mets exquis ; mais de pain ſimple, & ſolide. C'eſt là que cete
premiere & plus importante partie de la Predication, que l'on
appele *le Catechiſme* eſt ſi neceſſaire ; que S. Paul en faiſoit vn
des deuoirs de ſa Vocation, &
la ranferme dans les trois offices

*Meſſis
quid. mult.
operar. aut.
paue.
Matth. 9.*
Le beſoin
qu'il y a de
bons Predi-
cateurs.
*Oſtium
apert. eſt.
Sermon. 1.
Cor. 16.
Animar.
inauxilia-
tarum.
Sap. 12.
Nō eſt qui
reqnir.
Pſ. 141.
Paruuli
petier. pan.
&c.
Thren. 4.
ἵνα καὶ
ἄλλους
κατηχήσω·
2. Cor. 14.
Qui Pro-
phet. ho-
min. lo-
quit. ad*

L iij

du Predicateur ; qui est d'edifier,
d'exhorter, & de consoler. Dans
les plus grandes Villes, la Parole
de D I E V n'est pas moins pre-
cieuze ; c'est à dire, qu'il y a aussi
peu de vrays Predicateurs. Le sçau-
uant & le zelé *Logothime* fait voir
ce mal auec tant d'euidance, & y
treuue le remede auec tant de facilité ; que je ne suis pas seul à
m'étonner , qu'il ne se treuue
personne qui entreprenne generalemant en toute la France, l'e-
xecution d'vn dessein si illustre
& si profitable. Ce qu'vn grand
Seruiteur de D I E V à saintemant
commancé dans vne Academie
de Prestres en Prouance, nous fait
voir combien ce Seminaire est facile & profitable.

Sans mantir il faut estre insen-
sible aus interests du Ciel, pour
manquer de courage en vne si

œdificatio-
n. & ad
exhorta-
tion.& con
solation.
Ibid.

D. Cambo-
las.

Dom. Dn
Saussaius
Panopl.
Sacerdot.
Lib.4 c.16

Le R. P.
Antoine
Yuan.

belle carriere. Qu'eſt-ce qui merite dauantage, les ſoins de *Nos-
Seigneurs les Prelats* : & qu'eſt-ce
qui doit plus ſolliciter dans le
Clergé tant Ordinaire que Re-
gulier, ceus qui ont les talans
neceſſaires pour vn ſi ſaint emploi? Ce grand Oeuure, qui eſt
celuy que S. Paul appele de l'E-
uangile, & qui eſt nommé par S.
Ierôme l'œuure de DIEV, n'a
que deus fonctions ; lire les
Ecritures, & prêcher dans les
Eglizes.

S. Auguſtin en recherche la
raiſon, en ce que DIEV eſt luy-
même le premier & le plus grand
de tous les Predicateurs dans les
ouurages mêmes de la Nature.
Les Cieus ſont ſes Harangues
magnifiques, qui publient ſa
gloire par tout l'Vniuers: & tout
ce grand Monde, a propremant

*La Predica-
tion eſt vn
office diuin*

*Quid tam
Dei opus,
quàm Scri
pturas le-
gere, & in
Eccleſiâ
prædicare?
Hieron. in
5.c.ad Ga-
lat.*

*Cœli enar-
rant, &c.
Pſ. 18.
Serm.24.
de verb.
Apoſt.*

L iiij

parler, eſt ſon homelie, & vne piece d'eloquençe tres-acheuée. La ſeconde Perſonne diuine n'eſt venuë nous viſiter de la part de ſon Pere, que pour nous prêcher, comme ſes freres. IESVS a receu l'onction de l'Eſprit, & la pleni-tude la Diuinité, qui habitoit en luy corporelemant; pour en de-riuer les ruiſſeaus dans les Ames par la Predication. Il eſt enuoyé pour deraciner & pour planter, pour démolir & pour bâtir : pour ramener les brebis egarées, pour guerir les bleſſures des Ames, pour euangelizer les Pauures. Bref, toute la vie manifeſtée de ce Verbe Incarné, durant l'eſpace de trante-trois ans trois mois, n'a eſté qu'vne continuele Predica-tion.

A vôtre auis eſt ce vn petit *honneur* d'eſtre les aides de DIEV,

Narrabo nom. tuum fratribus meis, &c. Pſ. 57

In quo ple-uit.diuinit. habitab. corporalit. Coloſſ. 2.

Vnxit me, euangeliſ. pauper. miſit me, ſanare con-tritos cord. &c. Luc. 4 Iſa. 61. Vt ædiſ.vt plantes, &c. Ierem. I.

les Coadiuteurs de I. CHR. les Cooperateurs de l'Euangile? Ou S. Ambroife fe trompe, ou le plus excellant de tous les emplois c'eft de feruir de bouche au cœur de DIEV, de langue à fa voix, & d'organe à fes oracles. *Hoc eft excellentißimum quod Homo diuinæ vocis fit organum, & corporalibus labiis exprimat cœlefte oraculum.* Si j'ay tant foit peu de foy, d'amour & de tandreffe pour I. CHR. ne tiendray-je pas à honneur, qu'il daigne me faire l'Ambaffadeur de fon Royaume, le truchemant de fes Paroles, l'interprete de fes volontez? O quelle gloire, & quel bon-heur! Il me confie fes plus fecretes penfées, le fens de fes Myfteres, la difpanfation de fes trezors. Quand je laiffe manier mon cœur & ma langue à ce Roy des cœurs, les Peuples en-

Dei fumus adiutor. 2. Cor. 1.

Excellance de la Predication.

EruEtau. cor meum verb. bon. Pf. 44. Lib. 6. Hexamer. c. 9

Nos aut. fenfũ Chrifti habem.

χειϱοϰίνη- τος γλῶττῃ *S. Gregor. Nyffe orat de oc.*

tiers experimantent que c'est luy qui parle par ma bouche. Son zele & sa tandresse est si grande, qu'il dit que leur salut est le sien propre ; enuoyant le Predicateur, pour reueiller les familles de Ia-cob, pour remanier la lie d'I-sraël, pour estre la lumiere des Gentils ; *& salus mea vsque ad extremum terræ.* De sorte que les plus passionnez pour la vie reti-rée, doiuent pardonner à S. Ber-nard cet excés admirable ; qui luy fait dire que les mammelles de la Predication, sont meilleu-res que les baizers de la Contam-plation. Il est vray neanmoins que le premier souhait amoureus de l'Epouze, fait la liaizon de tous les deus ; & qu'il fait naître le laict de la Predication, des douceurs de la Contamplation.

Que si le credit & l'admiration

An expe-rim. quæ qui loq. in me Christ. 2. Cor. 13.

Isa. 49.

Noli mi-nis. insiste-re osculis contempla-tionis, quia meliora sunt vbera prædicatio-nis. Sermõ. 9. in Cant.

Osculet. me oscul. &c. Cant. 1.

des Peuples, s'attache puiſſam-
mant à l'Eloquence humaine ; la
diuine ſans doute ne peut qu'elle
ne ſoit accompagnée de tres-
grans *merites* , deuant D I E V &
deuant les Hommes. Former le
Corps myſtique de I. C H R. trauailler au bâtimant de ſon Eglize , jetter en terre les ſemances
de l'eternité ; acquerir le titre de
Grand , par la ſainteté de ſes a-
ctions & par les inſtructions de ſa
doctrine ; ſe metamorphozer en
Aſtre & en Soleil , qui eclairera
eternelemant ; jugez ſi ce n'eſt
pas aſſez, pour prononcer vn *Ar-*
rét qui contient deus parties. La
premiere condamne ceus qui en-
foüiſſent ces deus riches talans,
dont j'ay parlé cy-deſſus, que le
Pere de la Famille leur a donnez ;
de bien penſer, & de bien parler.
Le ſecond anime le courage, de

Merite de la Predication

In ædificatione, corpor. Chriſti. Epheſ. 4.

Æternitatis ſatores. Hilar. in Matth.

Qui fecit & doc. hic magnus vo cabitur. &c. Matt. 5.

Qui ad inſtit. erud. mult. fulgeb. que ſtella &c. Daniel. 12

ceus qui confument leur vie dans le trauail de l'Euangile; qui certes eſt tres-grand, quand l'on veût s'en acquiter ainſi que merite vn ſi haut miniſtere.

La difficulté n'eſt pas petite de parler, comme ſi D I E V méme parloit par nous, *tanquam ſi Deus ipſe loqueretur*. Car puîque la Parole préchée dans la Chaire, eſt celle-la méme qui eſt conſacrée par les Prétres dans l'adorable Euchariſtie; ſi le grand S. Auguſtin demáde vne méme preparation pour receuoir dignemant ces deus Paroles, certes il n'é faudroit pas vne moindre en l'vne qu'en l'autre pour les adminiſtrer. Cela s'appele aus termes de S. Paul, traiter bien & *manier* comme il faut la Parole de D I E V. L'energie du mot grec enſeignant qu'il en faut faire la diſſection & l'ana-

In labor. plurim. 2. Cor. 6. & 11. Impend, & ſuperimpend. Ibid. c.12.

La difficulté eſt grande.

Si quis loquit. qua Sermon. Dei. 2. Cor. 2. 17.

Lib. L. Homil. homil. 26.

ἵνα ὀρθοτομ- μῆ τὸν λόγον τῆς ἀλυθείας. 1. *Theſſal. 2.*

tomie, afin que tout y foit clair &
net ; ne laiſſe pas auſſi de marquer
que tout y eſt precieus, & digne
de veneration.

Cete excellante façon qui
nous eſt eniointe , eſt celle-la
méme qu'il a pratiquée. Puîque
c'eſt la parole de la verité, elle n'a
pas beſoin de nos manſonges.
L'on peut bien l'exprimer d'vne
nouuelle façon, mais l'on n'y doit
rien dire de nouueau ; à moins
d'eſtre foudroyé d'anatheme, &
de malediction. *Ita doce , vt cum
dicas noue non dicas noua.* Puîque
c'eſt l'Euangile du Salut, c'eſt là
qu'il faut vizer, & il ne faut vizer
que là. Puîque c'eſt vne parole
de vie, elle ne doit rien auoir de
mortel. Puîque c'eſt la fille de
D I E V, il ne la faut pas faire paroître comme vne debauchée.
Puîque tout y eſt ſincere , il en

*La maniere
de bien pré
cher.*

*Vt impl.
verbum
Dei, verbũ
veritat.
Coloſſ. 1.*

*Si quis
alit. pradi-
cau. ſit
anathe.
Galat. 1.
Vincent.
Lirin. ad-
uerſ. Hæreſ
Euangel.
ſalut. ve-
ſtra.
Epheſ. 1.*

*Verba vi-
ta hui.
Aſtor. 5.
Verbum
vita con-*

faut bannir tout ce qui eſt trop artificiel : & qui reſſent tant ſoit peu, l'air de la vanité & de la galanterie.

tinent. Phi-
lipp. 2.
Actor. 7.

Enfin nôtre Maître incomparable enferme tous ſes preceptes, en *trois* mots. Vn Predicateur doit s'imaginer qu'il parle 1. de la part de D I E V , 2. en la preſence de D I E V , 3. comme ſi c'eſtoit I. C H R. méme; *non adulterantes verbum Dei, ſed ex ſinceritate : ſed ſicut ex Deo, coram Deo, in Chriſto loquimur.* Ne voila pas vne magnifique idée de l'Eloquence Chrétienne, & d'vn vray Predicateur?

Trois diſ-
poſitions.

2. Cor. 2.

Permettez-moy donc , MES PERES ET MES FRERES , Chrétiens Orateurs, diuins Predicateurs , Oizeaus du Paradis, Ambaſſadeurs du Pere, Nonces du Fils, Organes du Saint-Eſprit:

Exhorta-
tion.

Difpanfateurs de la grace, Peres
& Nourriciers des Ames ; permettez-moy de vous adreffer
cete grande & admirable inftruction, que ce diuin Maître des
Predicateurs écrit au premier de
fes Difciples Timothée. Trauail-
, lez foigneuzemant à lire, à ex-
, horter, & à enfeigner. Ne ne-
, gligez pas la grace de la Predica-
, tion, qui eft attachée au Sacer-
, doce. Meditez fans ceffe fur ces
, faintes obligations, & n'en for-
, tez jamais : prenez garde à vous,
, & à la doctrine. Preffez vôtre
, fanctification, & l'inftruction
, de vos prochains. Car vous aqui-
, tant ainfi de vos deuoirs, vous
, fauuerez & vous, & ceus qui vous
, écoutent.

Attendè lection. ex- hortation. doct. &c.
1. Timot. 4

  C'eft ce que D I E V auoit def-
ja dit à vn autre Predicateur du
, Vieil-Teftamant. O Homme !

Ezech. 3.

„mange & digere ce Volume,
„plus dous que le gâteau de miel.
„En suite va porter mes paroles à
„la Maizon d'Israel. S'ils ne te veu-
„lent pas écouter, c'est qu'ils me
„méprizent. Mon Peuple à le
„front épais, & le cœur endurci.
„Mais pour les brizer, je t'ay don-
„né vn vizage d'acier & vn front
„de diamant. Tu ne les dois
„craindre en aucune façon. Re-
„çoy seulemant mes paroles en
„tes oreilles, & les digere en ton
„cœur. Ie t'ay établi comme la
„sentinelle, & le sur-veillant de la
„Maizon d'Israël ; ne manque pas
„de leur rapporter fidelemant, ce
„que tu vas entandre de moy. Si
„lors que je menasse le Pecheur
„de le faire mourir, tu manque à
„l'en auertir de ma part : & si tu
„n'emploie tous tes efforts & tou-
„tes tes industries pour le retirer
des

Comede
volum. &
loquer.
verba mea.
Omnes ser-
mon. meos
assume in
corde tuo.
Speculato.
dedi te.
Sanguin.
de manu
tuâ requi-
ram. &c.
cap. 3.

, des égaremans de l'iniquité, &
, pour le remettre dans la voye
, de la vie; quand à luy il moura
, dans son crime, mais moy je te
, demanderay conte de son ame.
, Que si ayant appris mes mena-
, ces par ta bouche, il s'endurcît
, dans son impieté; il y moura, &
, tu n'en seras nullemant respon-
, sable. Si même l'Homme de
, bien commance à se relâcher
, s'abandonnant au mal, & si ton
, silance est la cauze de sa perte;
, ses bonnes œuures passées, ne
, l'empécheront pas d'estre dam-
, né : mais je repeteray son Sang
, de tes mains qui l'ont tué, lors
, que ta langue ne la pas corrigé.
, Que si par tes remontrances &
, par tes Predications, tu l'empé-
, che de se détourner de la vertu;
, il viura, par ce que tu luy as an-
, noncé mes volontez : & toy

M

, ayant en cela fait ton deuoir, tu
, as fauué ton ame.

✿✿✿✿✿✿✿✿✿✿✿✿✿✿✿✿✿✿✿✿

SECTION XV.

La Cloture de tout le Traitté de l'Eloquence Chrétienne, par vne priere à Dieu.

Vîque prêcher n'eſt
autre choſe que pu-
blier la Parole de
DIEV, il eſt bien
juſte d'imiter les pro-
prietez de cete ſeconde Perſonne : qui par vn retour eternel
rantre dans le ſein de ſon Pere,
qui eſt le principe de ſa produ-
ction & de ſon emanation. De
méme c'eſt DIEV qui doit faire
le cercle de la Prédication. Il en

Tout le
fruict de la
Predicatió
depand de
la grace de
Dieu,

eſt l'A. & l'Ω, le commancemant
& la fin. C'eſt ce Pape, ce Sou-
uerain Pontife, & ce grand Eueſque des Ames; qui doit ouurir, *Paſtor. &*
& fermer la bouche à ſes Legats. *Epiſcop.*
Les Prophanes mémes comman- *magn. ini-*
cent & finiſſent tous leurs Diſ- *Petr. 2.*
cours & tous leurs Ouurages, par *Ab Ioue*
l'inuocation & par la priere. Puî- *Principiũ*
que nous ſommes les coopera- *net.*
teurs de la verité, c'eſt la pre- *Vt coope-*
miere cauze, la principale & la *rator. ve-*
ſouueraine ; qui doit imprimer *3.*
le mouuemant dans les cauzes
ſecondaires, & ſubalternes. Nôtre trauail & nôtre repos doiuent
égalemant venir de celuy duquel, par lequel , dans lequel
nous deuons parler pour annon-
cer ſes volontez aus Fideles. Bâ-
tir ſans le ſecours de ſa main, ce *Niſi Do-*
n'eſt rien faire. Celuy qui plante *ficau. Pſ.*
& celuy qui arroze ne font rien, *126.*

M ij

il n'y a que D I E V qui donne l'accroiſſemant. Comme il n'appartient qu'à cet Eſprit qui enſeigne toutes les veritez, d'ouurir (ainſi que parle l'Ecriture) les oreilles pour écouter : de même il n'y a que luy qui puiſſe ouurir la bouche & denoüer la langue, pour parler auec ſuccés & profit, pour ſa gloire & pour le profit des Peuples. Dans le commancemant de la Loy Mozaique, il fit parler vn Ane. Dans le commancemant de la Loy Euangelique, il a choiſi de pauures Pécheurs pour en faire ſes premiers Predicateurs. Son bras n'eſt point racourci, il peut en nos jours reueiller l'eſprit de l'Euangile, rallumer ces langues de feu que nos froideurs ont éteintes : redonner la grace de la Parole, & ſuſciter des Predicateurs ſelon nos extré-

Neque qui plantat eſt aliq. &c. 1. cor. 3.

Docebit vos omnem veritat. Ioan. 16.

Aures audiendi. Matth. 11

Nos ipſi primit. Spirit. habent. Rom. 8.

mes besoins. C'est à dire des Ieans
Batistes & des Elies, qui declarent la guere à l'Anti-Christ, qui
est le peché; en vn mot, qui con-
uertissent le cœur des Peres vers
les Enfans, & le cœur des Hommes à DIEV qui est leur Pere.

Voila la grace que nous deuons demander au DIEV des
cœurs & des langues, par cete
belle priere de l'Auteur de l'Ecclesiastique. O DIEV! prenez
pitié de nous tous, abbaissez vos
yeus sur nous, & nous faites voir
la lumiere de vos mizericordes.
Imprimez vôtre crainte, dans
les Peuples qui ne vous cherchent point, afin que connois-
sant que vous estes seul le vray
DIEV, ils publient vos merueil-
les. Faites sentir à ces Nations
Etrangeres, le bras de vôtre
puissance. Détruizez vos Enne-

*conuertat
cor Pa-
trum &c.
Malach. 4.
Luc. 1.*

Innocation

*Miserere
nostri Deus
omnium,
&c. cap.
36.*

, mis, & ne faites souffrir que le
, feu d'vne legere colere à vos
, Predestinez. *Reünissez* toutes les
Lignées de Iacob, afin qu'elles
, soient vôtre heritage. O DIEV !
, laissez-vous toucher de compas-
, sion pour le Peuple qui vous in-
, uoque, & pour Ierusalem qui
, est la ville de vôtre sanctification
, & de vôtre repos. *Ramplissez*
, *Sion de vos admirables paroles.*
, Annoncez vos volontez aus Fi-
, deles, & donnez à l'Eglize des
, *Predications* samblables à celles
, de vos Prophetes, lors qu'ils
, parloient en vôtre nom. O-
, ctroyez Seigneur cete recom-
, panse à tous *vos Predicateurs*,
, qu'ils se randent fideles dans les
, acquits d'vne si haute charge,
, par la sainteté de leur Vie, par la
, solidité de leur Doctrine, & par
, la sincerité de l'Eloquance Chré-

Reple Sion innumerabilib. verb. tuis, &c. Eccli. 36.

Suscita Prædicatione. quas loc. sunt in nom. tuo Propheta priores &c. Ibid.

;tienne. Enfin o DIEV! exauçant
;les prieres de vos Seruiteurs, ver-
;fez fur eus la plenitude de vos
;graces & de vos benedictions.
AINSI SOIT-IL.

Multa dicemus , & deficiemus
verbis : confummatio autem
Sermonum, ipfe eft in Ser-
monibus. Eccli. 43.

Vt Pro-
phe. tui fi-
del. inue-
niant &
exau. ora-
tio. feruor.
tuor. fecun-
dum bene-
dictionem,
& c. Ibid.

Extrait du Priuilege.

LE Priuilege du Roy accor-
dé à *l'Auteur* pour l'efpace
de *dix ans*, & verifié en Parle-
mant le troiziéme jour de Iuin
1653. fe treuue auec les Permif-
fions & les *Approbations*, imprimé
dans le fecond Tome de L'AN-
NEE ROYALE, à laquelle ce
Traitté fert de Preface.

LA DISTRIBVTION
du Traitté de l'Eloquence Chrétienne.

www.ingramcontent.com/pod-product-compliance
Lightning Source LLC
Chambersburg PA
CBHW070852030726
47504CB00005B/1313